雲が流れ、隠れていた月が姿を現すと、
彼女の白い横顔と、青い瞳がはっきりと目に入った。
ふいに、少女の右手が丸い月に触れようとでも
するかのように伸ばされる。
幻想的な光景。月を見上げる美しい横顔は、
とても人とは思えず。
「そっ……かぁ…………森の精霊って
ほんとにいたんだなぁ……」
断罪された悪役令嬢は続編の悪役令嬢に生まれ変わる
〜無自覚な愛され系は今度こそ破滅を回避します〜
2
麻希くるみ
illust. 保志あかり

アスラ
一個小隊に匹敵する力を持つという凄腕の傭兵。とある帝国の村でアリステアと出会う。
アリステア
乙女ゲーム『暁のテラーリア』の続編の悪役令嬢。女子大生・上坂芹那と公爵令嬢セレスティーネという2つの前世の記憶がある。

黒騎士
最近ガルネーダ帝国で噂になっている黒い甲冑に身を包んだ傭兵。素顔を知る者は少ない。
アリステアの前世であるセレスティーネの兄。現在は帝国貴族シュヴァルツ公爵家の当主。
アロイス
レオン
“獣王”の異名を轟かせる傭兵。その正体はガルネーダ帝国の初代皇帝ベイルロード。

男は叫ぶように言って
私の腰を掴むと、勢い良く
持ち上げた。
びっくりした私は、
きゃっと声を上げる。
「よく戻った！
よく戻ったな、
セレスティーネ！」

麻希くるみ
Kurumi Maki
illust. 保志あかり

断罪された悪役令嬢は続編の悪役令嬢に生まれ変わる

The villainous lady condemned is reincarnated
as the villainous lady appeared in the sequel

The unconscious loved lady avoids her ruin next time for sure

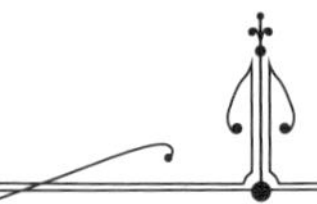

CONTENTS

The villainous lady condemned is reincarnated as the villainous lady appeared in the sequel

The unconscious loved lady avoids her ruin next time for sure

プロローグ

革の胸当てを着け、右手に持った剣を高く掲げている戦士の像が、皇帝が住まう宮殿の入り口に雄々しく立っている。

ガルネーダ帝国、初代皇帝ベイルロードとされる像だ。

像が作られたのは三百年ほど前。

帝宮が新しく建て替えられた時に国の象徴として作られた。

像を作るため参考にしたのは、建国前にあったという古い神殿の壁画だというが、ベイルロード本人を知っているアロイスから見れば、それは全くの別人の像であった。

ベイルロードが言うには、像の人物は海を渡ってきた冒険者だという。

いやあ、なかなかに凄え奴だったと、珍しくベイルロードが褒めていたから、本当に優れた人物だったのだろう。

本人が全く気にしていないので、人違いを正すこともなく、三百年たった今も、像は初代皇帝としてあの場所に立っていた。

何故間違えたのだろうと、アロイスは不思議に思っていたが、神殿が建て替えられることになった時、壁画だけは壊さずに新しい神殿に持ってきたと聞いたのでそれを見に行ってみた。

壁画を見た瞬間、アロイスは、何故像の制作者が間違えたのかを知った。

壁画に描かれていた数人の人物の中で、剣を抜いていた男はただ一人。男は壁画の中で一番目立っており、いかにも英雄という雰囲気だった。

で、本物のベイルロードはというと、槍を持ってその男と背中合わせに立っていて、横顔だけをこちらに見せていた。

一つに括ったボリュームのあるオレンジ色の髪と、不敵な笑みを浮かべた横顔は本人にとてもよく似ていた。だが、何故後ろ姿なのか？

この絵を見れば、十人が十人とも、剣を持った男がベイルロードだと思うだろう。

壁画を描いた人物自身が思い違いをしていたんだろうな、とベイルロードは言っていたが。

確かにその可能性はある。しかし、帝国では昔から記憶を持って転生してくる者が多くいた筈だ。

最近は、記憶を持つ転生者は少なくなっているようだが、かつては建国当初の記憶を持った転生者がいたとも聞く。

ならば、この間違いに気づいた者もいただろうに、何故誰も指摘しなかったのだろうか。

そうアロイスが疑問を口にするとベイルロードは、俺よりそいつの方が人望があって好かれてたからじゃないかと笑って言った。

だいたい、そいつの子孫が今皇帝をやってるんだから何も問題はないだろう、と初代皇帝だった男は驚くべき事実をサラリと言ってのけた。

だから誰も指摘しなかったのか。

あの像の人物は初代ではないが、間違いなく現皇帝の先祖だから。

それにしても、現皇帝とは全く似たところがないな、とアロイスは思う。

先祖の屈強な身体付きと人好きのする顔立ちに対し、現皇帝は細身で女性的な顔立ちの男だ。

まあ、千年もたっていれば、遺伝子も混ざり合って先祖に似た所など皆無となるのは仕方がないかもしれない。

「アロイス様」

像の前に立っていたアロイスは、声の方に顔を向け、現れたブラウンの髪の若い男を驚くでもなく見た。

「トーマンか」

はっ、とトーマンは立ち止まり、右手を胸に当てて頭を下げた。

「アリステア・エヴァンス伯爵令嬢に関する調査書類をお持ちしました」

アロイスはトーマンが差し出した書類を受け取った。

「ご苦労だった。手間をかけさせたな」

「いえ。これくらい手間でもなんでもありません。どうぞ、また何かありましたらいつでもお申し付け下さい。閣下のためなら如何様なことでも致します」

アロイスはフッと笑った。

「有難いな。また、頼む。ああ、ライアスはどうしている?」

「ライアス様は、先程皇太子殿下に呼ばれ東の宮へと向かわれました」

「手紙の件か」

「おそらくは。殿下もあの手紙には大層ご立腹のようでしたから」

だろうな、とアロイスは苦笑する。全く、どうしようもない国だな。

アロイスがいた頃も問題はあったが、それでもシャリエフ王国とガルネーダ帝国との仲はそれほど悪くはなく、差し迫った問題もなかった。

それは全て、帝国との太いパイプを持っていたバルドー公爵家があったからこそであったが。

そのバルドー公爵家を、当時のシャリエフ王国の王太子が潰したのだ。

王太子だったレトニスはバルドー公爵家についての知識が全くなかったのだろう。

でなければ、王太子とはいえ、国王の判断を仰ぐことなく、個人の感情だけで我が妹、セレスティーネとの婚約を破棄するわけはない。アロイスは己の拳を固く握った。

三十年の時が過ぎようと、家族を奪われた怒りと悲しみはなくならない。

いや、今またその怒りが湧き上がり、自分でも止めようがないくらいだ。

「いったい、どういうつもりでしょうか。本来、人質になると分かっていて王太子を寄越すというのもあり得ないことでしたが」

「確かにな。陛下もまさか王太子を送って寄越すとは思っていなかったようだ。送った理由が、第二王子はまだ幼いから、というのもな。まあ、ライアス本人が帝国に来ることを希望したのだから、我々がとやかく言うことではないが」

「それで、第二王子が不祥事を起こしたので、留学中の王太子を早々に返せと言ってきたわけですか、シャリエフ王国は。己の立場をまるで理解できていませんね」

アロイスはトーマンの呆れたような物言いに、くくくと声を殺して笑った。

帝国の伯爵であるトーマンの祖父が、アロイスの父親であるバルドー公爵と親交があり、その関係で知り合ったのだが、トーマンはアロイスのことを敬愛しており、何かと彼のために動いてくれていた。勿論、トーマンはアロイスの事情をある程度知っている。

シャリエフ王国の王太子であるライアスは、留学してからの五年間、ただの一度も祖国に帰っていないが、母親であるクローディア王妃とは何度か手紙のやり取りをしていたようだ。

弟がしでかした断罪については、彼が王妃に手紙で詳細を問いただしたようだが。

はたして、どのような答えが返ってきたのやら。

実の父親がかつて犯した罪と、全く同じことをやらかした弟に、ライアスはかなり衝撃を受けたようだった。腹違いの兄弟だというが、仲は悪くなかったらしい。

「トーマン。この後、用はあるか」

「いえ、今の所、早急にやらなければならない仕事はありませんが」

「では、一緒に邸に来い。シャリエフからの客が着くまで、お前にいろいろ確認しておきたいことがある」

「承知しました」

アロイスはトーマンと共に、公爵家の馬車に乗り込んだ。

公爵家の邸に着くまで、アロイスは受け取った書類に目を通していたが、時々不快そうに眉をひそめた。

向かいに座るトーマンは、目の前の主人が何に対して不快に思っているのか理解していた。シャリエフ王国にいる彼の知り合いに調べさせた事柄もあるが、トーマン自ら足を運んで関係者に聞いた事柄もあるからだ。

アリステア・エヴァンスは、貴族の令嬢として生まれながら、その生い立ちはあまり幸せなものではなかったようだ。

エヴァンス伯に異常なほどの愛情を持った妻のマリアーネは、夫の関心を得るため男子を欲したが、生まれた子供が女児であったことで失望し育児放棄した。

父親であるエヴァンス伯も、生まれた娘に全く関心を持たず一度も我が子を腕に抱いたことがなかったようだ。

トーマンがアリステアのことを聞いたのは、彼女の世話をしていたというアンナという侍女で、アンナはその不憫（ふびん）な娘を愛情深く育てたという。

だが、アンナは間もなくエヴァンス伯の不興を買って伯爵邸を追い出された。

残された幼い娘は、唯一守ってくれていた侍女を失い、その後どのようにして育ったのかまではわからないが、一年後にアンナの姪（めい）が伯爵邸に雇われていることからして、それほどひどいことにはならなかったと思われる。

十歳の時、アリステア嬢はトワイライト侯爵の嫡男の婚約者になっている。

侯爵家とアリステア嬢との間に問題はなく、それどころか、侯爵夫人はアリステア嬢を溺愛しているらしい。今回の第二王子による理不尽な所業で一番悲しんでいるのは、侯爵夫人かもしれないというのが報告してきた者の言葉だ。

そういえば、エヴァンス伯爵は、最近再婚したようなのだが、アリステア嬢と継母の仲は良いようだ。普通よく聞くのは、継母と継娘の不仲であるが、エヴァンス伯爵の選択は悪くなかったということだろう。

ひと通り目を通したのか、アロイスは書類を膝の上に置いた。

それを見てから、トーマンは疑問に思っていたことを口にした。

「アリステア嬢が国境を越えた報告は受けていますが、いまだ帝都に着かないというのは、いささか遅くはありませんか」

「レオンが迎えに行った」

は？　と彼は主人の言葉に首を傾げたが、すぐに理解した。

レオンは、主人がトーマンより前から護衛として使っている男だ。

凄腕の傭兵としてその名が知られているが、とにかく奔放な男で、雇われの身ながら主人を主人とも思わない態度に何度怒りを覚えたことか。

今はもう怒るのを諦めてしまったが。主人であるアロイスが全く気にしていないので、自分が怒る理由もない。

そのレオンが迎えに行ったということは――

「寄り道をして遊んでいる、ということですか」

「キリアもいるから、適当なところで切り上げるだろう」

主人のその言葉にトーマンは溜息をついた。

迎えに行かせたではなく、迎えに行ったという表現からして、主人であるアロイスが命じたことではないと判断する。

全く、あの男は……


帝都にあるシュヴァルツ公爵邸に馬車が到着すると、執事のアーネストが駆け寄ってきた。

「お帰りなさいませ、ご主人様。つい先程、キリアとお客様が到着されました」

「そうか。レオンは？」

「ご一緒です。今はいつものお部屋でくつろいでおられます。お客様は東の応接室の方にお通ししております」

「わかった。お前も来い、トーマン」

「はい」

馬車を降りたアロイスは、トーマンを連れて邸に入っていった。

アロイスが扉を開けると、ソファに座っていた三人の女性が顔を向けた。

一人はキリアで、彼女はアロイスだと分かると立ち上がって帰還の挨拶をした。

「ご苦労だった。無事に帝都に着いて良かった」

「到着が遅くなってしまい申し訳ありません、公爵様」

「謝ることはない。理由はわかっている」

アロイスは、やはり立ち上がって自分に向けて礼をとる二人の女性を見た。

アリステア嬢と、もう一人は彼女についてきたメイドだろう。

エヴァンス伯爵令嬢であるアリステア嬢は、アロイスに向けて初対面の挨拶をした。

「初めまして、公爵様。アリステア・エヴァンスと申します。お目にかかれて光栄です」

「……」

アロイスは驚いたように目を見開いた。

金髪碧眼（へきがん）とは聞いていたが、これほどに見事な金色の髪を見たのはアロイスも初めてだった。まさに光り輝くような黄金の髪と表現したくなるような色だ。

そして、伏せていた令嬢の瞳を見たアロイスは驚愕（きょうがく）した。

透き通るような青い瞳。底まで見える透明な湖のような色は、アロイスの記憶の中にあった。

あれは――思い出したのは帝宮の奥宮、ヴェノスと呼ばれている部屋に飾られていた一枚の肖像画。

（まさか……いや、有り得ないだろう！）

浮かんだ疑惑をアロイスは即座に打ち消した。

「長旅で疲れただろう。部屋を用意してあるから、今日はこのまま休んでくれ。娘のシャロンとの対面は明日の朝に予定している」

「はい。シャロン様にお会いするのがとても楽しみです」

「ああ。シャロンも貴女（あなた）に会うのをずっと楽しみにしていたよ」

アロイスは、部屋への案内を執事のアーネストに任せ退室した。

アロイスが背を向けた時、アリステアが、あの……と何かを言いかけた。

振り向くと、彼女はもう口を閉じており、アロイスに向け頭を下げた。

廊下に出るとアロイスは、部屋に入る前に書類を預けて待たせていたトーマンに向け、先に書斎へ行くように言った。その後、レオンことベイルロードがいるだろう部屋へと足を向けた。

彼がこの邸に来ると、いつも入り浸るお気に入りの部屋がある。

邸の西側、中庭に面した広い部屋。一応客室となっているが、今ではもう彼専用の部屋になっている。

部屋に入ると、彼はいつものように庭に向けて置かれた、彼お気に入りの椅子に座りくつろいでいた。彼は、そこから陽が沈むのを見るのを好んでいた。

「よお、お帰り」

ベイルロードは座ったまま、アロイスの方に顔を向けた。

その顔に張り付けた笑みは、何故か心底楽しそうに見えた。

「邸まで彼女達を送り届けて頂き感謝します。それにしても、予想より早かったので驚きました」

彼のことだから、寄り道しまくって、邸に着くのはもう少し先になるだろうと思っていたのだが。

そりゃあな、と言ってベイルロードはアロイスに向けニヤリと笑う。

「で？　気づいたか」

アロイスは、ハッとした。

「ベイルロード様も気づかれましたか」

「当たり前だろう！　この俺が気づかないわけはないだろうが！」

そうですね、とアロイスは目を伏せると短く息を吐き出した。

「なんだ？　つまんねえ反応だな。お前の驚く顔見たさに急いで戻ってきたってぇのに」

ベイルロードはアロイスに向けて、どうした？　という顔をした。

「驚きましたよ。まさかアリステア嬢が、あれほどオリビア様に似ているとは」

「はぁ？　オリビアって誰だ？」

「誰って、ご存じではないのですか。陛下の叔母上に当たられる皇女オリビア様ですよ」

「ああ～ん？　カイルの叔母だぁ？　イヴァンの妹ってことか。俺は会ったことはないな」

「宮殿に肖像画があります」

「見てねえ。アリステアが、そのイヴァンの妹に似てるってのか？」

「はい。顔立ちもですが、髪の色も瞳の色さえもそっくりです」

「他人の空似ってやつか」

「その可能性はありますが、実は以前からある噂(うわさ)が」

「がっかりだな」

言いかけた言葉を遮られたアロイスは、は？　と瞳を瞬かせてベイルロードを見る。

「ああ、つまんねえ。こんなことなら、あん時賭けでもやっとくんだったな」

本気でつまらなそうな顔になったベイルロードに、アロイスは困惑した。

「賭けですか。いったい何の？」

「俺がアリステアを迎えに行くと言った日に、お前は言ったろうが。見たら絶対にわかる。見間違えたりしねえってな」

「それは、セレスティーネのことですか」

アロイスは顔色を変えた。

「まさか——アリステア・エヴァンスが……そんな！」

ニヤッとベイルロードは笑った。

「感謝しろよ、アロイス。この俺が、お前のために早く戻ってやったのだからな。本当なら、もっと楽しみたかったんだがなぁ。まあ、アリステアと昔話をするのも悪くはなかった！　俺に向かって、お嫁に欲しいと言った人？って聞かれた時には、流石にこの俺も悶え狂うかと思ったぜ！」

ワハハハハハハ！　とベイルロードが声を上げて笑う中、アロイスは恐ろしい速さで部屋を飛び出していった。

第一章　初めての帝国

運ばれてきたビールを一気に飲み干した男は、仰け反った頭を勢いよく戻す。

オレンジ色の髪がバサッと揺れた。

「くうぅ〜！　やっぱ、ここのビールは最高だぜ！　この苦味は他の店にはねえからなぁ」

うんうん、と頷くように首を振る男に対し、同じようにビールを飲んでいた相席の男二人も同感だと頷いた。

「しかし、あんた、相変わらずいい飲みっぷりだね〜」

ガッチリと筋肉がついた太い腕と胸板を持った男達は、傭兵を生業としている。

国境近くの村では男も女も傭兵を仕事に選ぶ者が多い。

理由は、金になるから。

頭が良ければ学校に通い、そこで成績が優秀と認められれば奨学金を得て、帝都の上級学校に進むことができる。そこを卒業できれば市民権を得、帝都で働くことができた。

出世すれば、庶民でも皇帝のお側に仕えることが可能なのだ。

それ以外は自分が生まれ育った村のため、家族のために身体を鍛え、傭兵となって村を出て行く。

街に働きに行く者もいるが、殆どは傭兵の仕事を選んだ。

傭兵の仕事は多種多様だ。行商人の護衛もするし、商会の警備もやる。

頼まれれば、狩猟も畑仕事もする。力仕事なら何でもござれ、だ。

勿論、他国との小競り合いなどにも関わることがある。

「最近は、シャリエフ王国との揉め事が多くなったよなぁ」

「最近っていうか、もう三十年くらいゴタゴタしてんじゃねえか？　あいつら、本気で帝国とやり合うつもりかな」

「そうなったら、俺も参加してみてもいいんだがなぁ」

面白そうだし、とオレンジ髪の男が言うと、二人の男は肩をすくめて笑った。

「あんたが出てきたら、あっという間に決着がついちまうぜ。少しは俺達にも稼がせてくれよ。なあ？」

男達は笑って頷き合う。

目の前のオレンジ髪の男は、彼らと比べれば筋肉の厚みは薄いが、恐ろしく力が強かった。

どのくらいのキャリアがあるのかわからないが、少なくとも彼らより技術も力も上だ。

彼らは仕事を得るために、自分がいかに有能で強いのかを買い手に売り込む。

身体を作るのも売り込みのための手段だ。大きくて筋肉もぶ厚ければ、買い手の目に付きやすいからだ。

だが、どんなに強そうな大男が揃っていても、このオレンジ髪の男がいれば仕事はこの男のものになる。

この男の強さは、もはやガルネーダ帝国では伝説級なのだ。

そんな彼だが、普通に付き合えば気のいい陽気な男なので、傭兵の知り合いは多かった。

「そういや、ここに来たのは仕事か？」

まあな、とオレンジ髪の男はニッと笑う。

店の入り口の方を向いて座っていた男が、扉が開く度に視線を向けていたので依頼者との待ち合わせかと彼らは思っていた。

この男は、仕事の依頼ならなんでも受けるというタイプではない。

かなり気まぐれな所があり、面白ければ受けるが、つまらないと判断すれば大金を提示されても引き受けない。

そんな男が引き受けた依頼とはいったい何なのか、彼らは大いに興味があった。

店のドアが再び開くと、三人の女が入ってきた。

一人は年配の女だが、後の二人は若い。一人は二十代だろうが、もう一人の灰色のフードを被っ(かぶ)た女はまだ十代の子供に見えた。

「おい、ありゃあ、キリアじゃねえか？」

「おう。久しぶりに見るぜ。一緒にいるのは娘かな？」

年配の女は、男達とは顔見知りだが、一緒にいる若い女達は初めて見る顔だった。

とはいえ、フードを被っている方は顔がはっきり見えないが。

オレンジ髪の男は、ニヤニヤ笑って店に入ってきた彼女達を見ていたが、ふっと、フードの少女がこちらの方に顔を向けた時、男の顔から笑みが消えた。

男はポカンと口を開け、目を大きく見開いて少女を見つめる。

女達の方を見ながら会話する二人は、そんな男の珍しい表情に気がついていない。

視線に気づいたのか、少女が男のいる方をまっすぐに見つめてきた。

よくあることだが、少女は男の派手なオレンジ髪を見てびっくりしたような顔をしている。

フードから覗く少女の瞳は、透き通るように綺麗な、青い色をしていた。

マジか――

エイリック王子に断罪され、退学と王都追放を言い渡された私は、以前から母マリーウェザーと話し合った通り、エヴァンスの邸には戻らず、ミリアと共にキリアの店に向かった。

キリアは私の話に驚いたが、こうなる可能性は前からマリーウェザーと何度も話し合っていたこともあり、国を出る準備はとうにできていた。

私達は用意していた荷物を馬車に積み込むと、そのまま後ろを振り返ることなく王都を後にした。

「お母様に何もお伝えしないまま出てきてしまったけど、大丈夫かしら」

断罪が行われたら、その日のうちに国外に出るようマリーウェザーに言われていたのだが。

その通りにした私は、今、王都を出る馬車に乗っている。

王都追放を王子に言い渡されたのでそのことはいいのだが、国外に出るとなれば問題は大きくならないだろうか。もし王家から伯爵家に対しなんらかの責任を問われたら。

「ご心配なく。学園のことはすぐにマリーウェザー様のお耳に入りますから。その後のことは、あの方に全てお任せしておけば大丈夫です」

「そうですよ、お嬢様！　奥様なら大丈夫です。絶対にうまくやって下さいます！」

ミリアはマリーウェザーのことを信頼しきっている。

というか、ミリアは彼女のことを、万能の神とでも思っているのかもしれなかった。

「こちらから連絡しない方が、伯爵様のためにもなります」

あくまで第二王子の怒りに触れた私が、実家に迷惑をかけたくないため家を出たというようにした方がいいのだという。

「それより、お嬢様。国を出ることに不安はありませんか」

「少しはあるかしら。ガルネーダ帝国は本でしか知らない所だし」

でも大丈夫。キリアもミリアも一緒だし、それに帝国に行けばアロイス兄様に会える。

「二人が側にいてくれるから何も心配してないわ」

私がそう言って二人の手を握ると、彼女達は微笑(ほほえ)んで私の手を握り返してくれた。

王都を出た所で長距離用の馬車に乗り換え、ガルネーダ帝国との国境に向かった。

王都を抜けてから一番近い国境まで丸一日かかる。

途中何度か休憩を取り、最後に立ち寄った村でガルネーダ帝国の馬車に乗り換えて国境を抜けた。

こんなに長い時間馬車に乗ったのは、生まれて初めてだった。

「お身体大丈夫ですか、お嬢様？　ご気分は？」

「そうね。ちょっとお尻が痛いくらいかしら」

ああ、と二人は笑った。

「それは仕方ないですね」

「クッションがあっても、やっぱり痛いですよね、お嬢様」

ミリアもこんなに長く馬車に乗るのは初めてなので、さすがにバテ気味だ。

「もうすぐ目的の村に着きます。そこで一泊してから帝都に向かいましょう」

「帝都まで、あとどれくらいかかるの？」

「馬車を乗り継いで二日、でしょうか」

「ええーっ！　まだそんなにかかるんですか！」

ミリアの方が先に音を上げた。

「帝都は国の中心地にあるので。ガルネーダ帝国の大きさはシャリエフ王国の倍はあります」

「それと、シャリエフの王都は国境に近すぎるのね」

はい、とキリアが頷く。

王都から最短の国境までは馬車で一日の距離だ。昔から疑問だった。隣国と戦争が起これば、危険なのではないかと。

まあ、歴史書を見ても、建国以来隣国との戦争は起きてはいないのだが。

国境を抜けてから休息を入れて三日が過ぎ、ようやくたどり着いた村は、これまで立ち寄った中で一番大きな村だった。

村に入ると道は石畳になっていて、家も石造りでしっかりしたものになっている。

芹那の記憶にある、ドイツの田舎町みたいな光景だ。

シャリエフ王国の町の造りとは雰囲気が少し違う。

外国に来た。そんな感じがする。確かに、私が生まれ育った国とは別の国に来たわけだが。

見るものがなんでも珍しかった。なんだか、旅行に来たようなワクワク感がある。

ドイツかあ。そういえば、芹那の時は海外旅行ってハワイしか行ってなかった。

ロマンチック街道は憧れだったけど。

あそこです、とキリアが指差したのは、村の中心からやや離れた場所に建つ建物だった。

まずは食事をしようと、私とミリアは、キリアについて村の中を歩いた。

キリアは、五年くらい前までこの村に住んでいたという。

私の姿は、帝都に着くまでは極力人に見られない方がいいとキリアが言うので、王都を抜けてからは、ずっと灰色のフードを被ったままだ。

膝あたりまで覆うざっくりとしたマントだが、ここはシャリエフ王国より少し気温が低い感じがするので丁度良かった。

キリアが、おすすめという店のドアを開けると、私とミリアは後ろからそっと中を覗き見た。

賑やかな声が聞こえる。

表の幅はそれほど大きくなかったが、奥行きがあったので店自体は広かった。

丸みを帯びた木のテーブルが十五くらいあるだろうか。

全て人で埋まっている。しかも客は男性が多く、それも皆かなり大柄で、いわゆるマッチョばかりだ。

「満員ですね」

ざっと見た所、空いているテーブルはない。

店の中を見回した私は、ふと視線を感じてそちらの方に顔を向けた。

目に入ったのは鮮やかなオレンジ色。

うわあ、オレンジの髪って初めて見た。染めてるんじゃないよね。

この世界の人の髪色は、金・銀・黒・赤・茶色が主流だ。たまに、青っぽい色や、光が当たると緑に見える髪色もあるが。オレンジ色は、赤髪の部類に入るのだろうか。

（なんか驚いた顔してる？）

ついオレンジ色に見入ってしまった私を、オレンジ髪の男性は大きく見開いた目で見返していた。

と、オレンジ髪の男は立ち上がり、右手を上げて声をかけてきた。

「よお。待ってたぜ」

「レオン？」

キリアは呼びかけてきたオレンジ髪の男を見て、意外そうな顔をした。

「どうして、貴方（あなた）がここに？」

キリアがオレンジ髪の男の方へと向かうので、私とミリアもそれに続いた。

「迎えにきたに決まってんだろうが」

ニッと笑う男の顔をキリアは驚いたように見つめた。聞いていなかったのだろう。

「頼んだのは公爵様ですか？」

まあな、と男は答える。

「おお、ここに座んな。俺達は別のテーブルに行くから」

大男二人は立ち上がって、私達に席を譲ってくれた。

「ほお～。お嬢ちゃん、綺麗な青い瞳してんな！　凄えべっぴんさんだし」

私に席を勧めた男が、フードから覗く私の顔を見て感心したように言った。

「あ、ありがとうございます」

私がお礼を言うと、男はちょっとびっくりした顔になってそれから豪快に笑った。

「久しぶりだなあ、キリアだっけか。元気だったか？」

男に声をかけられたキリアは、はいと頷いた。

男二人は、じゃあなと言って別のテーブルへ移っていった。

私達が椅子に座ると、キリアがレオンと呼んだオレンジ髪の男に軽く頭を下げた。

「お久しぶりです」

「ほんと、久しぶりだなあ。四年……いや五年振りか」

「そうですね。まさか、公爵様が迎えを寄越して下さるとは思いませんでした」

「いや、寄越すだろう。可愛い娘のためにわざわざ来てくれたんだ。しかも最近は物騒になってるしな」

「娘？」

「俺の依頼主の娘の家庭教師になりに来たんだろ？　ん？　どっちかな」

レオンが私とミリアを見たので、私は自分がそうだと答えた。

ちゃんと挨拶しようと思い、フードに手をかけたら、男の手がそれを止めた。

「そのままにしときな。あんた、ここではかなり目立つぜ」

私はフードから手を離すと、まわりを見回した。

キリアやミリアは元々が庶民なので、こういう場所でもそう目立たないみたいだが、確かに私の金髪と青い瞳はここでは異質に見えるかもしれない。

一応、地味な服装にしているのだが。

「初めまして。アリステア・エヴァンスと言います。レオンさん、と呼んでいいですか」

「レオンだけでいい。キリアには色々世話になってたしな。帝都までこの俺が無事に送ってやるから安心しな」

「はい。よろしくお願いします」

私が頭を下げると、男の金色の瞳が面白そうに細くなった。

「あんた伯爵令嬢だったか？　あんまり貴族らしくねえな」

「え？」

「俺も帝都にはよく行くから、貴族の嬢ちゃんらとも会うことがあるんだが、俺に頭を下げた奴はただの一人もいないぜ。あんたが初めてだ」

「そうなんですか？」

いい子だ、とレオンは大きな手を伸ばしてフードの上から私の頭を撫でた。

あ、と私は微かな衝撃を受けて目を見開いた。何故かフッと、昔の記憶を呼び起こされたような気がしたのだ。

これって、デジャヴ？

いつの頃のものかわからない。私には三人分の記憶があるから。

芹那の時とセレスティーネの時と、そしてアリステアの記憶が。

ああ、そういえばアロイス兄様にもよく、こんな風に頭を撫でてもらった。こんなに大きくて力強くはなかったけれど。

店員が注文を聞きに私達のテーブルにやってきた。

二十代半ばくらいの女性店員は、キリアに向けて挨拶した。

キリアは自分の店を持つまで、この店で働いていたらしい。さっきの男達がキリアと顔見知りだったのはそのせいか。

「今夜はここで泊まりか」

食事をしながら、レオンはキリアとこれからの予定を話し合っていた。

今夜はこの村に泊まり、明日の朝に馬車を頼んで出発する予定だ。

帝都までは、レオンが護衛をしてくれる。

王都を出てから、ずっと女三人だけだったので、護衛がいるのはとても心強い。

「出発は明後日(あさって)にしねえか。今夜は祭りだぜ」

祭り！　と声を上げ身を乗り出したのはミリアだった。

キリアは、ああ、そういえばと思い出したように呟(つぶや)く。

「祭りと言ってもたいしたもんじゃねえがな。夕方から露店が出るくれえだが、夜には花火が上がるぜ」

花火？　私は強く心を引かれた。

芹那の時はよく花火を見に行った。あれは欠かしてはならない日本の夏の風物詩だ。

セレスティーネの記憶では、露店とか花火を見たというものはない。

彼女は早くに王太子との婚約が決まったので、彼女の時間は殆どが将来の王妃教育だったし、学園に通っていても遊びに行く余裕はなかった。

あのままレトニスと結婚しても、彼女自身の時間というものはなかったかもしれない。

それでも、あの時は彼のことが好きだったから、彼のためならと頑張れた。

「私、花火を見たいわ」

「お嬢様。でも花火が上がるのは、かなり遅い時間です」

「だから明後日にしろって言ってんだ。今夜は遅くまで遊んで、明日はゆっくり休めばいいだろう」

「賛成です！　帝都にはいつまでに着かなければならないってことはないのでしょう？　一日くらいのんびりしてもいいと思います。ねえ、お嬢様」

「ええ。そうね、ミリア」

「でも、公爵様が」

「アロイスなら何も言わねえよ。それより強行軍で旅して身体を壊す方があいつは心配する」

アロイス？

「キリー、私が家庭教師をする方って、まさか……」

はい、とキリアが頷くのを見て、私は俯いて目を伏せた。

実は、私が家庭教師をすることになるご令嬢のことは、年齢以外まだ聞いていなかったのだ。

そう……そうなのね。お兄様の。

私は、小さく息を吐いてから顔を上げ、笑みを浮かべている目の前の男を見た。

彼は公爵から頼まれて迎えに来たと言った。しかも、公爵であるお兄様を呼び捨てにできるほどの間柄のようだ。

で、どうする？　とレオンが聞くと、キリアは、額をおさえ、ハァと溜息をついた。

「出発は明後日の朝にします」

「やった！　良かったですね、お嬢様」

ええ、と私は喜ぶミリアと手を握りあって頷いた。

夕方、レオンが宿まで迎えにきてくれた。

私達は、レオンの案内で露店が出ている通りまでのんびりと歩いた。

私の隣にはミリアとキリアがいる。

歩いていくとどんどん人が多くなって、露店が並んだ通りまで来ると、歩く人とぶつかるほどにまでなった。

最初に入った店でも見たマッチョな男達も多く歩いていたが、若い女性や子供達も多く見かけた。

もしかしたら、他所(よそ)の村からも人が来ているのかもしれない。それほど人が多かった。

フードを深く被って歩いていた私は、視界が狭い上に人混みに揉まれ、キリア達とはぐれそうになった。ミリアと手を繋(つな)いでいたのだが、それも人混みの中で離れ、マズいと思ったその時後ろから誰かに抱き上げられた。

レオンだった。

彼は、私と離れたことに気づいて慌てているキリア達に向けて、心配するなというように手を振る。そうするうちに、こちらへ来ようとするキリア達の姿が人混みに紛れて見えなくなった。

まあ、人波に逆らうのは難しいだろう。それも、こんなに多く歩いていれば。

キリア達とは完全にはぐれてしまったが、レオンがいてくれるので、私は安心した。

キリアから聞いた話では、彼はアロイス兄様のほぼ専属で警護をしている人らしい。

お兄様が信頼している人なら心配ない。

レオンは人混みをかき分けて、人が少なくなる所まで連れて行ってくれた。

露店の通りを少し外れると人の姿は一気になくなる。

少し小高い場所に立つ大きな木の裏側で、彼は私をおろしてくれた。

やっと息ができると、私は大きく深呼吸を繰り返した。

こんなに人が多いのは初めてだった。

王宮でのダンスパーティーでも人が多いと思ったが、ここでの人の多さは比べ物にならない。

レオンは手を伸ばし、私の外れかけたフードを戻してくれた。

「綺麗な金髪だな。セレスティーネの銀色の髪も綺麗だったが、金髪もなかなかいいもんだ」

え？　と私はレオンの顔を見上げた。

「お前、セレスティーネだろう？　記憶もあるな」

「……何故？」

「俺は見ただけでわかるのさ。誰の生まれ変わりかってな」

「…………」

「記憶があるかどうかまではわからねえから、誰にでも言ったりはしねえが。お前は記憶があるんだろう、セレスティーネ」

私は、彼の金色の瞳をまっすぐに見つめた。

「私も、貴方に会ったことがあるって気がずっとしていたの。でも、いったいどこで、と思い出そうとしても全然わからなくて」

「お前はまだ小さかったからな。三歳くらいだったか」

私は目を瞬かせた。彼の三歳という言葉で、彼が誰かなのか、なんとなくわかった。でも、目の前にいる男があまりにも若すぎるので確信が持てない。セレスティーネが三歳の時なら、この人はとうに八十を超えている筈だ。なのに、どう見ても彼は四十代にしか見えない。でも。

「貴方は、私をお嫁に欲しいと言った人？」

まさか、と思いつつ尋ねると、男はくしゃりと顔を歪め、そして笑った。

「ああ、そうだよ、セレスティーネ！」

男は叫ぶように言って私の腰を摑むと、勢い良く持ち上げた。

びっくりした私は、きゃっと声を上げる。

「よく戻った！　よく戻ったな、セレスティーネ！」


帝国の空に打ち上がった花火は、かつて日本で見た花火のような迫力も華麗さもなかったけれど、思わず歓声を上げてしまうほどの感動を覚えた。

赤、黄、青、緑の小さな花が夜空に広がって、スッと流れていく様子がとても綺麗だった。

「綺麗……」

思わず口にした言葉に対し、レオンは笑って私の頭に手を置いた。

優しく撫でられる感触が、なんだかとても懐かしい感じがした。

「俺のことをよく覚えていたな、セレスティーネ」

私は小さく首を振る。

「覚えていたのは、母が話してくれたことだけ。三歳の私を嫁にするって言った人がいるって。それで、お兄様が妹は絶対にやらないって怒ってた、と。あ、レオンというのは本名？　母は違う名前を言っていたような気がするけど」

「レオンは傭兵での名前でな。本名はベイルロードだ」

ベイルロード……ああ、確かに母が言っていたのはそんな名前だったかもしれない。

「お前の母親は、グレイスといったか。綺麗な銀髪の儚げな美人だったな。オルキスがそりゃあ溺愛していた」

ええ、と私は男に向けて微笑んだ。

父と母の名を聞くのは本当に久しぶりだった。

そうだ、あれからもう三十年。シャリエフ王国では、もうバルドー公爵家は存在せず、誰もが忘れ、その名を口にする者もなかった。

キリアと再会してから、ようやく前世の家族の話ができるようになったのだ。

「母は病弱だったから。でも、小さい頃は一緒に花の世話をしたし、お菓子を作ったりしたわ。本もたくさん読んでくれた」

うんうん、と彼は私の話を楽しそうに聞いてくれた。

兄のことも。

「アロイス兄様は、私のことを信じてくれるかしら」

「心配ないだろ。あいつにとって、転生はごく普通のことだ」

「？」

「ああ、お前は知らないか。お前の父オルキスも転生者だったんだよ。あいつは前世、俺のために働いてくれていた男だ」

私は、ポカンと彼の顔を見つめた。

転生者？　父が！

「二百年以上前のことだがな」

今度こそ私は絶句してしまった。

「……ベイルロードさん」

「普段はレオンと呼ばれてっから、レオンと呼んでくれ」

「じゃあ、私のことはアリステアと。それが今の私の名前です」

「ふむ。そうだな。セレスティーネとはもう呼べねえか。アリステア――いい名だ」

「あ……」

名前を褒めてもらうのは生まれて初めてで、私は、ちょっと照れてしまった。でも嬉しい。

「ありがとう……二百年前にお父様といたということは、貴方も転生者？」

いや、とベイルロードは肩をすくめた。

「俺はまだ死んだ経験はねぇよ。不老不死だからな」

私は驚きで、大きく目を見開いた。不老不死！

想像すらしていなかった事実に、私はしばらく言葉を失った。

「驚いた――セレスティーネの時は小さくて貴方のことは覚えていないのだけど、でも、あれから四十年以上たつなら、今の貴方は若すぎる。だから、二百年前に前世のお父様と一緒だったと言うなら今世は二度目の転生かと思ったのだけど」

不老不死だなんて予想外すぎる。

「二度目はお前の方だろうが、アリステア」

え!?

一瞬、何を言われたのかわからなかった。

一目で私がセレスティーネの転生者だとわかったベイルロードには驚かされたが、さらに二度目の転生だと見抜かれるとは。いったい、この人は――

明るく笑う彼から、私は目を離せなくなった。

前世の父と同じ時代を生きていて、そして不老不死だという彼。

彼は前世の私の両親だったバルドー公爵夫妻が、とても信頼を置いていた人だ。

だが、その正体は全くわからない。

「レオン、貴方はいったいどういう人なの？」

ベイルロードは再び手を伸ばして私の頭を撫でた。

「俺のことは、その内わかるさ。まあ、思い出してもらうのが一番なんだがなあ」

そう答えるベイルロードを、私はただ目を瞬かせて見つめることしかできなかった。

「三歳の時のことを思い出すのはちょっと……」

それも、前世のことだ。思い出せる自信はない。

そう言うと、彼は、そうか、と言って笑った。

その彼の笑顔が、どことなく悲しそうに見えたのは気のせいだろうか。

「お嬢様ぁぁぁぁー」

ミリアの声が聞こえ、そちらの方を見ると、ミリアが人を掻き分けながら駆けてくるのが見えた。

ミリアは子供の頃からとても足が速かった。

幼い私が泣くと、どこからか物凄い速さで私の下へ走ってきてくれた。

そんな彼女も、この人混みでは思いっきり走れないようで、イライラした表情を浮かべながらやってくる彼女を見て、私はつい笑ってしまった。

もっと彼の話を聞きたかったが、キリアがあんまり遅くなっては駄目だと言うので、仕方なく宿に戻った。

ベイルロードは私達を宿まで送ってくれると、帝都へ向かう朝に迎えに来るから、明日はゆっくり休んでくれと言って帰っていった。

私達を迎えに来たというから、同じ宿を取ると思っていたのだが、彼は違う場所に宿を取っていたらしい。

「レオンは傭兵ですから、専用の宿があるんですよ。知り合いもいるでしょうから、今夜は朝まで飲んで騒ぐんでしょう」

祭りですから、とキリアが言う。なるほど、そうかと私は頷いた。

宿の部屋に戻ると、キリアがお茶とお菓子を持ってきてくれた。

やはり、キリアはこういう場所に慣れているからか、やることが手早い。

子供の頃から伯爵家で働いていたミリアは、実は外のことはあまりよく知らず、世間知らずな所は私とあまり変わらなかった。

こうして、何も問題なく帝国に来られたのはキリアのおかげだ。

私達は同じテーブルに座って、お茶とお喋り（しゃべ）りを楽しんだ。

初めての祭りは楽しかったが、やっぱり少し疲れていたから、部屋でお茶を飲むとホッと息がつけた。

「お嬢様とはぐれた時はもう焦りました。キリアさんはレオンさんが付いてるから心配ないって言ってましたけど」

「キリーはレオンとは知り合いなのよね？　彼はどういう人なの？」

「レオンは、アロイス様の護衛としてお側にいることが多く、とても信頼されています。私が帝国に来た時には、もう彼はアロイス様のお側にいました。傭兵としてはベテランで、能力もあり、英雄だと言う者もいるくらいです」

「へえ～、凄い人なんですね、レオンさん」

「レオンの身元はわかっているの？」

「いえ。私は知りませんが、アロイス様はご存じのようです。私がまだバルドー公爵様にお仕えする前に、アロイス様は一度お邸に来たレオンをオルキス様から紹介されたと仰っていました」

「ええ、そのようね。レオンと話をしていて、昔お母様が彼のことを話していたことを思い出したわ」

「まあ、そうですか」

キリアには初めて聞く話だったらしく、驚いた顔で私を見る。

「お兄様がご無事だったのは、レオンのように守ってくれる人がいたからなのね」

もうすぐ、その兄に会える。今世は長い間一人だったけれど、マリーウェザーが来てくれたおかげで弟が持てた。血は繋がっていないけど、可愛くて大切な弟だ。

そして、前世と違ってアロイス兄様と今の私も血が繋がっていないけれど、それでもただ一人の兄だと思っている。


翌日は、ベイルロードの言う通りのんびりと身体を休めた。

まだ帝都までは馬車で二日かかる。この日一日、ゆっくりと身体を休められたのは良かったと私は思った。それもこの村で。

村はまだ祭りの余韻が残っていて、ミリアと私は、露店をのぞいたり、目に付いた店に入ったりして楽しんだ。

「いい村ですね、ここ。またいつか来たいです」

「そうね。また花火を見たいわ」

「お嬢様は、花火がお気に入りですね。帝都でも祭りってあるんでしょうか」

「あるんじゃない？　だって、帝国の中心で、皇帝のお膝元ですもの」

「皇帝――ああ、そうか、帝国だから皇帝なんですね。なんだかワクワクします。この村の雰囲気もシャリエフ王国とは違うし、都も違うんでしょうね」

「帝都はシャリエフの王都よりずっと大きいわ。私も本で読んだだけだけど。シャリエフ王国は建国二百年だけど、帝国は一千年だもの」

「うわあ、本当に桁が違いますね！」

ミリアは大きく溜息をついた。

買い物をすませた私は、宿に戻る途中に見かけたカフェでミリアとお茶を飲んでいた。

私はいつものようにフードを被っていたが、ミリアも、薄い布を頭に被っている。

一緒にいるからには同じような格好をしていた方が目立たないからとキリアが用意したのだ。

キリアは本当にいろいろ考えてくれる。

「ということは、帝国の最初の皇帝は一千年前の人なんですね。あんまり昔過ぎて想像できないです」

本には初代皇帝は、ベイルロードという名だと書いてあった。

レオンの本名と同じ名前だ。ガルネーダ帝国を作った英雄の名前を子供に付ける親もいるだろう。

だが、なんとなく気になる。

不老不死だという彼。二百年前に前世の父オルキスと知り合いだったと聞いたから、二百年が頭にあったが、それ以前の生まれの可能性もないことはないのだ。

まさか、初代皇帝ベイルロード本人ということはないだろうが。

一日のんびりと過ごした私たちは、翌朝、帝都に向けて出発した。

これまでは私とキリア、ミリアの三人だったが、この日からは護衛兼案内役が一緒だ。

ベイルロード（レオン）は、さすがに女三人の中に入るわけにはいかないから、とずっと御者の隣に座っていた。

村を出て二日、ようやく帝都に入った。

大きい街だという認識はあったが、実際この目で見る帝都は予想していたより遥(はる)かに大きかった。

建物も、祖国より高い建物が多く、教会だろうか、まさに聳(そび)え立つと表現してもいいような建物で驚いた。広く、綺麗に整備された道路。

表はキチンと区画された街並みだったが、帝都の中心に行くに従って分かれ道が増え、複雑になっているのを見て、やはり祖国であるシャリエフ王国とは考え方が違うのだと思った。

シャリエフ王国は、本当に戦を知らない平和な国だったのだ。

しかし、その平和が、帝国によってもたらされていたのだとしたら。そう考えてしまうほど、帝都は強大な存在に私には見えた。

国境近くで、シャリエフと帝国の人間が小競り合いを起こしているという噂(うわさ)は聞いていた。

理由は知らない。でも、と私は思う。彼らは、シャリエフの人間は、きっとこの帝都を見たことがないのだ、と。

馬車は大きな門をくぐって、ゆっくりと敷地内を進んでいった。

ミリアが、うわ～お城だ、と驚きの声を上げるほど大きな建物が見えてきた。

さすがにベルサイユ宮殿とまではいかないが、多分保養地の離宮くらいはあるのではないかというくらいの建物の前で私達は馬車を降りた。

帝国貴族の中でも上位に位置するというシュヴァルツ公爵家の邸。

何故アロイス兄様がシュヴァルツ公爵家の当主となったのか。その理由を私はまだ教えてもらっていない。

兄様本人に聞けばいいとベイルロードに言われたが、聞くことができるだろうか。

そもそも、私がセレスティーネだと兄が気づいてくれるかどうか。転生は信じているようなので、言えば信じてくれるだろうけど。

出迎えてくれたのは、アーネストという執事だった。

彼は、私達を邸の中へ招き入れ、案内してくれた。

気づけば、ベイルロードの姿はいつのまにか消えていた。

私達は、来客室らしい大きな部屋に通され、しばらくここで待つように言われた。

公爵は今、帝宮にいてまだ邸に戻っていないのだという。

緊張していた私は、自分達だけになると、ほぉ～っと息を吐いてソファに腰を落とした。

ミリアも同様に緊張していたのか、気が抜けて呆けたような顔になっている。

「お茶、頂きましょうか」

私は言って、メイドが淹れてくれたお茶に口をつけた。

少し花の香りのする紅茶だった。

紅茶好きのミリアが、気に入ったのかニコニコ笑いながら飲んでいる。

「本当に大きな邸ね」

調度品も一目で高級品とわかる。部屋の感じは、祖国の貴族の邸とあまり変わらなかった。

「お兄様はこの邸の主人なのね」

何故、前世の兄のアロイスが、帝国の貴族、それも公爵になったのかわからない。

ただ、このシュヴァルツ公爵家には、もうシャロンという令嬢しか公爵の血を引く者はいないということだった。

ノックの音がして、返事をすると銀髪の男がドアを開けて入ってきた。

すぐにわかった。アロイス兄様だ。

驚いた。記憶にあるお兄様と、全く変わっていないように見えた。

いや、最後に会った兄は二十代前半だったから、勿論年はとっている。

だが、それでも、三十年たったとは思えない若々しさだった。

童顔でもなんでもない。本当に若いのだ、信じられないほどに。

え？　なんで？　まさか、お兄様も転生して——いや、それなら別人だから顔は違う筈……

とにかく挨拶をしなくては、と私は立ち上がって、この邸の当主であるシュヴァルツ公爵に礼を取り自己紹介をした。

「アリステア・エヴァンスと申します。お目にかかれて光栄です」

まだ頭を下げたまま軽く伏せていた目を開けた私は、驚きの表情を浮かべるアロイス兄様に気がついた。一瞬、私がセレスティーネだと気がついたのかと思った。

レオン……ベイルロードは、見ただけで私がセレスティーネだと気がついた。

お兄様も、と思ったのだが、顔を見合わせて話をすれば、そうではないと気づいた。

なんだろう？　アロイス兄様は、何に驚いたのだろうか。

「長旅で疲れただろう。部屋を用意してあるから、今日はこのまま休んでくれ。娘のシャロンとの対面は明日の朝に予定している」

アロイス兄様はそう言って、部屋を出るために背を向けた。

思わず私は呼び止めようとしたが、結局私にできたのは、頭を下げることだけだった。

兄が出て行くと、私は小さく息を吐いた。

「今の方が、お嬢様の前世のお兄様ですか？　とても素敵な方ですね！　あ、でも、私、もっと年配の方だと思ってました。エヴァンス伯爵様よりお若く見えますね」

「そう見えるわね。どういうことなの、キリー？」

「すみません、お嬢様。私も詳しくは知らないのです。ご家族が亡くなってお一人になった公爵様は、領地の後始末をすると言われ、その前に私を含めた使用人全てを解雇されたのです。その後、公爵様は領地へ向かわれ、そこで何があったのか私にはわかりません。何年かして国境近くの村にいた私に会いに来て下さった公爵様は、最後に会った時より若返って見えました。いったい何があったのか理由を尋ねても答えて下さいませんでした。ただ、しばらく寝込んでいた、とだけ」

「……」

ここへ来てから、なにか不思議なことばかりだ。

不老不死だという、初代皇帝と同じ名を持つ男と、実年齢よりずっと若く見える前世の兄と。

私がやっていたゲームでは、ただ地図上にのっていた国でしかなかったガルネーダ帝国。

舞台はシャリエフ王国だけで、本当に限られた区域だけで行われるゲームだった。

帝国のことは、ただ、優れた皇帝が統治している国だという記述があっただけだ。

この世界には魔法はない。だが、転生というものが普通にあって珍しいことではないらしい。

ゲームではない。この世界は、現実に存在する、異世界と呼べる場所なのだ。だから、これからも私の知らないことがたくさん出てくるかもしれない。

そもそも、私はゲームの続編を知らなかった。続編はいったいどういう展開だったのだろうか。

悪役令嬢のアリステアの断罪されたその後がどうなったのか。

そういえば、と私はあることを思い出す。

レベッカの弟が、私と同じゲームの知識を持つ転生者ではないかということを。

もし彼が〝暁のテラーリア〟の続編を知っているなら。いや、それ以上のことも、もしかして。

そんなことを考えていた時、閉じられていたドアがいきなり大きく開かれた。

「公爵様？」

キリアが、アロイス兄様の様子に驚いた顔をした。

勿論、私もびっくりした。突然のことに固まってしまい立ち上がれないでいると、アロイス兄様は私の方を真っ直ぐに見て名を呼んだ。

「セレスティーネ！」

「……！」

私は息を呑んだ。どうしていいのかわからず迷っている私に、彼はもう一度私をセレスティーネと呼び、そして両手を広げた。

私は大きく息を吸い込んだ。そして。

「アロイス兄様！」

私は弾かれるように立ち上がると、両手を伸ばし兄の下へと走った。

小さい頃、迷子になった私を見つけてくれた兄の手を取り、抱きついた日を思い出す。

心細くて泣いていたあの日の私。

「お兄様！　お兄様！」

アロイス兄様は飛び込んでいった私を揺らぐことなく受け止め、きつく抱きしめてくれた。

「セレスティーネ！　よく……よく帰ってきてくれた！　ずっと、お前が戻ってくるのを待っていた！」

閑話①

笑い声が響く部屋で、アロイスは眉間に深い皺を刻みながら手にした酒を口にしていた。

祝いだからと百年ものの上等な酒を開けさせられ、さっきからオレンジ髪の男はお気に入りの椅子に座って、機嫌よく次々とグラスの中身を飲み干している。

こちらは、ようやっと二杯目をグラスに注いだ所だというのに。

まあ、この男のザル振りは昔から知っているので、今更驚くことではなかったが。

「何十年か振りに会えた妹はどうだった？」

さっきからニヤニヤ笑いが止まらないベイルロードに、アロイスは大きく息を吐き出した。

どんな言い訳も通用しない。転生した妹を見間違えることはないと大見得を切ったというのに、自分は全く気がつかなかったのだ。

あのアリステア・エヴァンス伯爵令嬢が、愛する妹セレスティーネの生まれ変わりだということに。しかも、彼女は前世の記憶を持っていた。

つまり、アロイスが前世の兄であることを最初から知っていたのだ。

なんてことだ――私は彼女を傷つけてしまったのか。

「まあまあ、そう気にすることはないぞ。一目で転生者と気づけるのは俺くらいなもんだ。普通は本人が言わない限りわからねえよ」

「私はわかると思った。たとえ、どんな姿であっても、セレスティーネのことは絶対にわかると！」

「うん、まあ、お前がもう少しあの子と話をしてたら、気がつくこともあったかもしれねえがな。挨拶程度じゃわからねえよ。だいたい、アリステアが気にしてたのは、自分がセレスティーネの生まれ変わりだと言った時、お前に信じてもらえるかってことだったからなあ。その点では、合格なんじゃねえの」

「それは、貴方の言葉があったからですよ」

「いや。あの子が言ってもお前は信じたさ」

アロイスは、ベイルロードを見つめ、そして深々と息を吐き出し呟いた。

黒歴史が、また一つ増えてしまった、と。

ベイルロードは、くっくっと笑う。

「で？　お前がアリステアを見て気になったことってぇのは、なんだ？」

ああ……とアロイスは半分ほど減らしたグラスをテーブルの上に置いた。

悩むように額に手を当ててるアロイスを見て、ベイルロードは眉を寄せた。

「お前が頭を抱えるような案件か」

「案件にまでは、まだなっていないと思いますがね」

「アリステアがイヴァンの妹に似てるって話だったか」

そうです、と言ってからアロイスはあることを思い出し、ああそうか！　と声を上げた。

「あの時期は丁度貴方の眠りの時だ。貴方がご存じの筈はなかった」

「おお。その頃の話かよ。どっちにしろ、俺は余程のことがねえ限り皇帝一族には関わらねえって決めてっから、知ってるとは限らねえよ」

「関わらないと言いながら貴方は、三十年に一度、旧神殿に残された地下の霊廟で眠っているではないですか」

「俺の墓なんだから、俺が好きに使ってもいいだろうが」

　アロイスは苦笑した。

「そんなことを言ってるわけじゃありませんよ。ただ、貴方が関わらなくなったことで、今の皇帝は貴方の存在を知らない」

「もう会う必要はねえと思ったからな。俺を知る連中も記憶を持って転生してこなくなった。こうして俺がベイルロードとして話ができるのは、もうお前くらいなもんだ」

「もう皇帝には興味はありませんか」

「千年近く奴らはこの国を守り続けてきたんだ。昔のように、俺が口出しする必要はねえよ」

　そうですか、とアロイスは頷いた。

「では、貴方が最後に会った皇帝はどなたですか？」

「イヴァンだな。あいつは、父親の急死で僅か十三で皇帝の地位につかされた。当時周りにはロクな奴がいなかったから放っておけなくてな。つい面倒をみてやってたら、起きてから軽く三十年を超えちまってて。おかげで、いつもなら十年で起きるところが爆睡して大寝坊だ」

　起きたら、もうイヴァンはいねえし、当時はまだ赤ん坊だったカイルが皇帝になってやがる、とベイルロードは額をポリポリかきながら溜息をついた。

「まあ、国力は安定してるし問題はねえみたいだから、俺の出る幕はねえなと放ってたんだが」

で？　とベイルロードはアロイスに話の先をうながした。

「前皇帝のイヴァン様には十二歳違いの妹君がおられました。腹違いですが。母親は公爵夫人のナディア様でした」

「おお～、人妻か。て、待て！　イヴァンの父親といえば、ヴォルフガングか。あのクソ真面目で面白みのなかったあの男が、人妻に手を出したってえのか。信じられねえな」

「私はヴォルフガング陛下にはお会いしたことがありませんので、なんとも言えませんが、ナディア様がお産みになったのは間違いなくヴォルフガング陛下のお子様だったそうです。

皇帝には正妃の他に側妃も認められておりますが、さすがに夫を持つ公爵家のナディア様は問題があり過ぎて。ヴォルフガング陛下は認知はされましたが、お子様は皇帝ともナディア様とも関係のない貴族に養女に出されたそうです。それがオリビア様です」

「ほぉ～？」

ベイルロードは、人差し指でトンとテーブルを叩いた。

「初めて聞く話だ。イヴァンの奴は知ってんのか」

「イヴァン様が皇帝となって十年が過ぎた頃、誰かがオリビア様の存在をうっかりなのか漏らしたようです。イヴァン陛下は本当にご存じなかったらしく、すぐにオリビア様を帝宮に呼び、正式に皇女として自分の側に置かれたのですが、一貴族の子として育っていたオリビア様には帝宮での生活は馴染めなかったようで。オリビア様は十七歳で成人された時、皇女の地位を捨て幼馴染みだった伯爵家の次男と結婚されたのです」

「皇女の地位より、好きな男を取ったか。いい話じゃねえか」

「はい。ですが、イヴァン陛下はただ一人の妹であるオリビア様を手放したくはなかったようで。オリビア様の結婚には相当反対されたみたいです」

「う〜ん……まあ、しょーがねえか。兄弟はいないと思ってた所に血の繋がった妹がいるとわかって、イヴァンの奴も喜んだろうからな。でも結局は諦めたんだろ」

「条件付きで」

「条件？」

「その一つが、オリビア様の第一子が結婚し娘が生まれたら、その子を皇女にする、と」

「皇帝が引き取るってか。成る程なあ。ある程度余裕を持たせたってことか。オリビアは承知したのか」

「ええ。オリビア様は後に女の子を産み、その娘が結婚し生まれた女の子は赤ん坊の頃に皇女としてカイル陛下が引き取られました」

　ベイルロードは現皇帝のカイルとは会っていないが、実は皇太子のリカードとは懇意にしている。皇帝一族と接触するつもりはなかったのだが、偶然酒場で会って意気投合してしまったのだ。一応リカードとは傭兵のレオンとして付き合っている。

「カイルが引き取ったということは、二人の息子の妹になったわけだな」

「そうです。殿下方は妹ができたと大層喜んだそうですが、最近は忙しく、あまり一緒にいることはないようです」

引き取られた皇女のことはベイルロードも初耳だった。

リカードの口からは、弟の話題はよく出るが、妹の話題は一度も出たことがなかったからだ。

「その皇女ってのはどんな女だ？」

「ビアンカ殿下は、シャロンと同じ十三歳で、亜麻色の髪に緑がかった青い瞳の可愛らしい少女です」

「亜麻色の髪に緑がかった青い瞳、か。オリビアがアリステアと似ているなら、その皇女はあんまし似てねえな」

まあ、金髪（金色がかった茶髪だが）に青い瞳という括りなら似ていなくもないが。

はい、とアロイスは頷く。

「引き取られた時、皇女はまだ赤ん坊でしたが、髪の色と瞳の色の違いに疑問を覚えた者もいたそうです。一応父親の血が強いのだろうということで納得したものの、成長してからも、皇帝の血の特徴があまり見られないので、もしかしたらオリビア様の孫ではないのではないかと言われ始めています。ただ、ビアンカ殿下の母親は間違いなくオリビア様のご令嬢なので、まだ噂止まりですが」

「引き取った皇女が偽者かもしれねえって、疑ってるわけだな」

「断定はできません。証拠もありませんし」

「だが、オリビアにそっくりな娘が現れたとなったら、噂に信憑性が出てくるんじゃねえか」

たとえ、なんの関係もなく、ただの他人の空似だったとしても。

「それが今一番の気がかりです」

アロイスはそう言って息を吐いた。ベイルロードも、こめかみを指で擦りながら目を細くした。

「当分、アリステアは外に出さず、他人の目に触れさせない方がいいだろうぜ」

「はい。ビアンカ殿下のご実家からはおそらく何も出ないでしょうから、エヴァンス伯爵家の方を調べてみます。特に、アリステアの母親を重点的に」

第二章　シュヴァルツ公爵邸

シュヴァルツ公爵邸に着いた翌朝、私は疲れもあったのか、いつもより遅く目が覚めた。

明るい日差しを受けて目を開け、そこが知らない部屋だとびっくりした私だったが、すぐにここがどこなのか思い出しホッと息を吐いた。

一瞬だったが、思い出せないくらいぐっすりと眠っていたことに苦笑が漏れる。

「お目覚めですか、お嬢様」

ベッドの上に身体(からだ)を起こし、窓の外をぼんやり眺めていると、ミリアが入ってきた。

「よく眠れましたか、お嬢様？」

「ええ。いつもより長く眠れたわ」

「お疲れだったんでしょう。初めての長旅でしたからね。私もつい寝過ごして、キリアさんに起こされました」

あら、と私は目を瞬かす。

ミリアが寝過ごすなんて、珍しかった。

いつも時間通りに起きて仕事を始めるミリアは、感心するほど真面目なのだ。

真面目で明るく、そしていつも私の側(そば)にいてくれた。

あの頃、ミリアもまだ子供だった筈(はず)だ。

私が起きると、ミリアはすぐに着替えを手伝ってくれた。

着替えは一人でもできるのだが、ミリアが私の仕事とばかりにテキパキとしてくれるのが嬉しくてつい甘えたままになっている。

朝食は邸の食堂に案内された。

昨夜の夕食は、私が疲れているだろうからと部屋まで持ってきてくれたので、公爵家の食堂は初めてだ。

食堂には既に、この邸の主人であるアロイスの姿があった。

「お早うございます。お待たせして申し訳ありません、公爵様」

「お早う。遅くはないから気にしなくていい。ちゃんと眠れたかい？」

優しい笑顔は、セレスティーネの時の記憶のままであるのが嬉しい。

はい、と私は頷き席に着いた。

私が公爵様と呼ぶのは、兄としては不本意のようだったが、さすがに人の目があるここで兄とは呼べなかった。

私の前世では兄だったとしても、今の私は他国の人間であり兄にとって赤の他人なのだから。

「あの……レオンは？」

「まだ寝ている。当分起きないだろう。一晩中飲んでいたからな」

ああ、そうなんだ。でも、ベイルロードがまだこの邸にいるとわかってなんだか安心した。

「朝には娘を紹介できると思ったんだが、少々帰宅が遅れるらしい。昼までには戻るだろうから、それまで好きに過ごしていてくれ」

「はい。公爵様は？」

そうだな、と兄アロイスは少し考え込んでから、伏せていた目を開け私の方を見た。

「少し聞きたいことがあるんだが、構わないか」

はい、と私は笑顔で頷いた。

朝食を終えると、私は兄の後について食堂を出た。

案内された部屋は、広い空間一杯に書棚が並んでいる図書室だった。

トワイライト侯爵の邸の図書室と張る大きさと蔵書だ。

「ここには好きに入っていい。本が好きだったろう？　セレスティーネ」

「あ、ありがとう、お兄様！」

夢のようだ、と喜ぶ私を、兄アロイスは笑みを浮かべて見つめていた。

ここに座って、と兄に椅子を引かれ、私は腰をおろした。

私が座ると、兄は机を挟んだ向かいの椅子に腰掛けた。

「ここには私が呼ぶまで誰も来ないから、久し振りに兄と妹として話をしよう」

「はい」

兄は私を見つめ、微笑(ほほえ)んだ。

「セレスティーネ。また会えて嬉しいよ。転生すると分かっていても、ずっと不安だった。私が生きている間に生まれ変わってくれるのか。生まれ変わっても会えないままかもしれないとも――最近は記憶を持たない転生者も増えていたから」

「レオンからも聞いたのですけど、帝国では転生はごく当たり前のことなんですか」

「そうだな。まあ、それにはある条件と理由があるのだが。それは、いずれまた、ゆっくりと話そう」

「じゃあ、その時はお兄様が何故お若いのかも教えて欲しいです」

兄の顔が一瞬嫌そうに歪んだ。どうやら、言いたくない事のようだ。

だが、兄と再会した時、本当に不思議だったのだ。

本当なら兄アロイスは、五十を過ぎている筈なのに、どう多く見積もっても、三十代後半にしか見えなかったから。

「……わかった。それもいずれ話そう」

「きっとですよ、お兄様」

ああ、と兄は仕方なさそうに頷いた。

私は満足し、ではどうぞ、と兄が聞きたいことを促すと兄は苦笑した。

「いつから前世の記憶があった？」

「思い出したのは五歳の時です。王宮でのパーティーに参加した時に。ホールから庭に出て花を見た時、唐突に思い出しました。そこは、レトニス様と初めて会話を交わした場所でした」

私の口からレトニスの名が出ると、やはりというか兄の顔がしかめられた。

「セレスティーネ……お前はあの男のことをどう思っている？」

「どう……って」

「恨んでいるか？」

そうですね、と私は少し考え、そして口を開いた。

「恨みというより、悲しい気持ちの方が強いです。何故、あの方は私のことを信じてくれなかったのか。そういう設定だったとしても、あの時の私は断罪されるようなことはしていなかったのに」

「設定？」

兄は首を傾（かし）げた。ああ、わからないだろうな、と私は小さく笑う。

同じ日本からの転生者である、母マリーウェザーもすぐには理解できなかったくらいだ。

「お兄様。私、実は転生は二度目なんです。私には、セレスティーネの前にも生きていた記憶があるんです」

「なんだって？」

兄は驚いた顔をした。

「あ、いや確かに何度も転生を繰り返す者もいるにはいるが――」

「セレスティーネの前はこの世界ではない、違う世界で生きていました」

兄は目を大きく見開いた。信じられないだろうな、と私は思う。

兄の知る転生はあくまで同世界内での現象で、異世界からの転生は想定外だろう。

「異世界転移ではなく、異世界転生？　そんなことが本当にあるのか？」

混乱する兄を見て、言うのは早すぎたかなと思ったが、もう今更だ。

そう考えた時、私はあれ？　と思った。

兄の言葉の中に聞き逃せない単語があったからだ。

異世界転移？　どういうこと？

聞いてみようと思ったその時、ドアがノックされ、執事のアーネストが入ってきた。

「ご主人様。シャロンお嬢様がお戻りになりました」

「そうか。話はまたの機会にしよう、アリステア」

「はい」

私は兄について図書室を出てエントランスに向かって歩いた。

そこには、癖のないアッシュブロンドの長い髪の少女と、彼女に寄り添うように立つ金髪の青年の姿があった。

「お父様！」

竜胆（りんどう）のような青紫の大きな瞳をした、まるで人形のように愛らしい少女が駆け寄ってくると兄に抱きついた。

「お帰り、シャロン」

この少女が、シャロン？　兄アロイスの娘？

「紹介しよう。娘のシャロンだ。シャロン、今日からお前の家庭教師をしてくれることになったアリステア嬢だ」

「初めまして、シャロン様。アリステア・エヴァンスです」

「初めまして、シャロンです。うわぁ、こんなに綺麗な人、初めて見ました！」

兄から離れてきちんと礼をした少女は、無邪気に私を褒めてくれた。

可愛い！

私と一歳違いとは思えないような子供っぽさがあるが、それがとても愛らしく思える。

「そして彼は、娘の婚約者のライアス・ド・ラ・シャリエフだ」

え？　シャリエフ？

「彼はシャリエフ王国の王太子だ」

「…………！」

私は、驚きに目を見開いた。

王太子が帝国にいることは知っていたが、まさか、こんな形で会うことになるとは思ってもみなかった。

「ライアス・ド・ラ・シャリエフだ。突然にすまない、アリステア・エヴァンス伯爵令嬢。貴女が帝国に来ると聞いてどうしても直に会って謝りたかった。弟が貴女にした事、本当にすまないと思っている」

王太子はそう言って私に頭を下げた。

私は言葉が出ず、呆然とそれを見つめていた。

彼の金色の髪は、レトニス様によく似ていた。その顔立ちも、クローディア様似ではあるものの、どことなくレトニス様を思い起こさせた。

婚約破棄される前まで、セレスティーネを大切に思ってくれていたレトニス様に。

「頭を上げて下さい、ライアス殿下！　私などに頭を下げてはいけません！」

突然、王太子に頭を下げられ、私はどうしていいのか戸惑ってしまった。

まさか、ここで王太子と顔を合わせることになるとは思ってもみなかった。

しかも、私に向けて頭を下げるなど、あってはならないことなのに。

「わかっている。だから、二度は頭を下げない。ただ、一度は謝っておきたかったのだ」

ライアス殿下は頭を上げると、私を真っ直ぐに見つめそう答えた。

「国を離れた帝国だからこそ、だな。愚かだが、弟は弟だ。自分勝手でも、私は謝りたかった」

「ライアス殿下……」

「聞くだけ聞いてやればいい。それでこいつの気も晴れるだろう」

アロイス兄様の言葉に、ライアス殿下は苦笑した。

「相変わらず辛辣ですね」

「……」

彼が弟であるエイリック殿下がしでかしたことを、ずっと気に病んでいたことは理解した。

だが、謝罪を受け入れるというのは、話が別だと思う。

まあ、ライアス殿下はもう、私に対して頭を下げるつもりはないようだが。

私が黙っていると、兄アロイスが、ここまでにしよう、と話を打ち切らせた。

私は内心ホッとした。王太子が謝罪しているのに、受け入れないというのは実際良くないのかもしれない。だが、どう返せばいいのか、さすがにわからなかったのだ。

「申し訳ありません」

私がライアス殿下に向けて頭を下げると、小さな溜息が耳に入った。

「いや――私が悪かった。貴女の立場も考えず、謝れば少しは気持ちが楽になると思った私が傲慢だったようだ」

よくわかっているじゃないか、と平然と殿下に向けて言い放つアロイス兄様に、私はポカンとなった。

なんだろう？　アロイス兄様の、まるで出来の悪い生徒でも見るようなあの目は？

そして、それを当然のように受け入れている王太子の態度が、私にはとても奇妙に見えた。

二人の関係は昼食後、シャロンから聞くことになった。

食事が終わると、兄のアロイスがライアス殿下を連れて食堂を出て行き、残された私はシャロンと少しお喋りした。

というか、シャロンの方がいろいろ話を聞きたがったのだが。

シャロンは人懐こくて明るい性格のようだった。初対面である私に対し、全く物怖じしない。

シャロンは、アロイス兄様の実の娘ではなかった。

母親はシャロンが物心つく前に病気で亡くなり、父親であるシュヴァルツ公爵もやはり彼女が四歳の時に病気で亡くなったのだという。

兄弟のいないシャロンはたった一人残されることになったが、公爵家を継ぐにはまだ幼すぎるため、皇帝の頼みでアロイス兄様がシャロンの後見人となり仮のシュヴァルツ公爵となったらしい。

だが、シャロンはライアス王太子の婚約者になったので、後継者がいなくなるシュヴァルツ公爵家はこのままアロイス兄様が継ぐ可能性が大きいという。

アロイス兄様の考えはわからないが、もしそうなれば、バルドー公爵家は本当に消えることになるだろう。それは、やはり寂しかった。

「お父様は、ライアスの先生なの。ライアスは帝国に来て一年だけ学校に通ったのだけど、その後はずっとお父様が教えてらしたわ。お父様はとっても厳しい先生だってアーネストが言ってたけれど、ライアスはちゃんと最後までお父様の教えを受けたのよ」

「そうだったんですか。ライアス殿下はとても頑張られたのですね」

「ええ。だって、ライアスはシャリエフ王国の国王になるんですもの。だから、私も頑張るつもり。これからよろしくお願いします、アリステア先生」

「先生はいらないわ。アリステアとだけで」

「じゃあ、私もシャロンって呼んでくれたら、先生って呼ぶのをやめる」

「それは……」

さすがに伯爵令嬢である私が、公爵令嬢を呼び捨てには、と思ったが、シャロンが引く様子を見せないので、二人だけの時だけそう呼び合うことにした。

シャロンと別れ自分の部屋に戻ると、ベイルロードが待っていた。

ベイルロードは、ソファにゆったりと座り、ミリアが淹れた紅茶を美味しそうに飲んでいた。

「よお、お帰り」

「レオン？」

「出て行く前に挨拶をと思ってな」

「え？　出て行くって、どこへ？　レオンは、公爵様の護衛なのでは？」

「いやいや。俺の仕事は傭兵だ。ま、護衛もやるが、今はその仕事はやってねえ。頼まれてねえからな」

「専属じゃなかったの？」

「専属じゃねえが、仕事の優先順位は高いな。あいつとのつきあいは古いし。オルキスの息子だしな」

てっきり、彼はずっとお兄様といると思っていた私は少しガッカリした。

そして、ふと彼の傍らに置かれている槍を私はじっと見た。

村で会った時も、公爵邸に来るまでも彼は槍など持っていなかったが。

「どうした？　こいつが珍しいか」

そうですね、と私は頷く。

騎士が持つのは大体が剣なので、私はこの世界で槍を見たことはなかった。

芹那の時に見たのも、競技としての槍投げの槍くらいだ。

こんな、実戦に使うような槍を見るのは初めてだ。

「レオンは槍を使うの？」

「剣も使うが、どっちかというと槍を使う方が多いな」

「持ってみてもいいかしら？」

「お嬢様！　危ないですよ！」

ミリアが、刃物に触るなどとんでもないと反対したが、ベイルロードは槍を摑み、柄をスッと私の方に突き出した。

私はそれを受け取り、両手で柄を握った。

重い。だが、どこか懐かしい重みだ。

ベイルロードが、お？　という顔で槍を持つ私を見る。

「なんだ？　槍を持ったことがあるのか？」

「お嬢様が槍など持つわけないじゃないですか！　お嬢様！　危ないですから、早く離して下さい！」

ミリアは、私が槍で怪我をしないかとハラハラしながら叫んだ。

「槍じゃないけど、昔、似たもので戦ったことが――」

「戦う？」

「あ、実戦じゃなくて試合で。近所に道場があって、小さい頃からずっと習ってたから。学校に入ったらクラブで。試合には何度も出て、優勝したことも」

今はもう、記憶もおぼろげな懐かしい思い出だ。

「ほお？　槍じゃないと言ったな。どんなのだ？」

「えーと……形は槍に似てるけれど、刀身が長くて」

私は机の引き出しから紙を出して、ペンで絵を描いた。

ベイルロードは、面白そうに私の手元を見ている。

「おお、確かに槍に似てるが、こいつぁ形が面白い！　刀身はどのくらいあるんだ？」

「え、と——刀身と柄は」

私は紙に描いた絵に、私が使っていたものの刀身と柄の長さを書き込んだ。

「ほぉほぉ、面白(おもしれ)ぇ〜」

ベイルロードは、紙を手に取り興味深そうにそれを見た。

「これ、貰(もら)って行っていいか。こういうのが好きな奴(やつ)がいるんでな。見せたい」

「ええ、どうぞ」

私が頷くと、ベイルロードは紙を二つに折って懐に入れた。

「こいつは槍じゃねえんだな。じゃあ、なんていうんだ？」

薙刀(なぎなた)、と私が言うと、ベイルロードは、なぎなた、と同じように言った。

少しイントネーションが違うが、それほど違和感はない。

ベイルロードは、ニッと笑い私の頭を撫(な)でると、槍を摑んで、庭に出るガラスの扉から外へ出て行った。

「じゃあな。また会おう。元気にしてろよ」

ベイルロードは私に向けてそう言うと、庭の木々の向こうへと消えていった。

「お嬢様」

ガラスの扉を閉める私を、ミリアが奇妙な顔で見ていた。

「どうしたの、ミリア？」

「お嬢様は、前世であんな武器を持って戦ったりしてたんですか？」

「正確に言えば、前々世ね。公爵家に生まれる前の人生でよ。戦うって言っても、試合だから。ほら、騎士団でも、時々力比べとかしていたでしょう？　訓練の成果を見せるみたいな？　そういうことよ」

「よくわかりませんが、以前のお嬢様はとても勇ましかったんですねえ」

感心したように目を大きく開いたミリアの顔に、私はクスクスと笑った。

「そうね。貴族の令嬢にはとてもやれないことだわ」

この世界に生まれる前に生きていた世界。

今の私にとっては、異世界となってしまった世界。日本。東京。

前世の、セレスティーネだった頃のことはまだハッキリと思い出せるが、芹那だった頃の記憶はだんだん怪しくなってきている。

私は机に出しっ放しになっている紙を見た。

そうだ。今覚えていることをできるだけ紙に書いて残しておこう。

アリステアに生まれ変わる前の二つの人生は、全く違うものだった。

覚えていることを書き出してみると、よくわかる。

セレスティーネの最期は悲劇だったが、それまではとても幸せだった。

公爵家令嬢として生まれ、何不自由なく、両親や兄に愛されて育った。

婚約者だったレトニス様は、とても優しくて、自分は愛されていると、あの断罪の日まで信じていた。それが、勘違いだったと知った時はとても悲しかったが。

あれは、ゲームの強制力と呼べるものだろうか。レトニス様がシルビア様に心を惹かれ、冤罪にもかかわらずセレスティーネが断罪されたのは。そんなことがあり得るのか？

私は書く手を止めて、ふぅと息を吐いた。そして、今度は芹那の記憶を思い起こす。

前々世の芹那だった時で一番古い記憶は、災害で崩れた瓦礫の中で見上げた青い空だった。

あれは六歳か七歳。呆然として座り込む芹那を見つけ抱き上げてくれた人の、オレンジ色の服を見た時とても悲しかった。今でも、何故悲しい気持ちになったのかわからない。

私は机を離れると、庭に面したガラスの扉を開けた。

既に夜が更けて、辺りは灯りもなく静かだった。

空に雲はなく、月が綺麗に見えるのではないかと外に出てみた私は、人の気配を感じてハッとなった。まわりを見まわすと、遠くに小さな人影があるのに気が付いた。

確か、花壇がある場所だ。どうやら、そこに誰かがしゃがみこんでいるようだ。

よくよく見れば、小さな影はアッシュブロンドの長い髪で、私は、そちらに向けて歩いて行った。

「シャロン？」

ハッとしたようにアッシュブロンドの髪が揺れ、少女は立ち上がって振り返った。

大きく見開かれた瞳が私をじっと見つめていたが、その顔が泣きそうに歪んでいくのに気付いて私は慌てて謝った。

「ごめんなさい！　驚かせてしまったわ！」

シャロンがフルフルと首を振った。

「違うの……驚いたけど、違うの」

「え？」

「声が……声が似てたから……びっくりして」

「声？」

私は、俯(うつむ)いて黙ってしまったシャロンの背に手をやった。

「お部屋まで送りましょうか」

シャロンは、また首を大きく振ったので、私は、彼女を自分の部屋に連れていくことにした。

部屋に戻ると、ミリアがいた。私がまだ起きているようだったので、様子を見に来たようだった。

「丁度良かったわ。ホットミルクを持って来て、ミリア」

「はい、お嬢様」

ミリアが部屋を出て行くと、私はシャロンをソファに座らせた。

夜着の裾に土がついていたので、軽く叩(はた)いて落とす。

「ありがとう」

私は、シャロンに向けてにっこりと笑った。

「こんな時間にどうして外にいたの？　眠れなかった？」

こくん、とシャロンは頷いた。

「数日振りだったから……自分の部屋で寝るのは。家を離れていて、帰ったその日の夜はいつも夢を見るの」

「夢？」

「亡くなったお父様とお母様の夢」

「…………」

「お母様は私が三歳になる前に亡くなったから、覚えていることは何もないの。肖像画があるから、顔はわかるけれど……夢では、お母様が私を呼ぶの。シャロンって」

「そう。お母様は、いつも貴女の名前を呼んでいらしたのね」

私は……アリステアは、実の母親に名前を呼ばれたことがあっただろうか。

名前を呼ぶ声は覚えていないけど、最後のお母様の声は、今も覚えている。

呼んでいたのは、父親の名前だった。

「さっき、私の名前を呼んだでしょう？　お母様に呼ばれたのかと思った。声が……そっくりだったから」

「え？」

「初めての挨拶の時は気がつかなかった。でも、さっき呼ばれた時の声は、夢の中のお母様の声に似ていたの、柔らかで、とても優しい声……」

シャロンはそう言うと、私の方に向けて両手を伸ばしてきた。

私がその手を取ると、シャロンは、もう一度名前を呼んでとねだった。

シャロン、と私が呼ぶと、少女は嬉しそうに笑った。

サリオンは、最初から嫌な予感がしていた。

能天気だったのは、今回選ばれた騎士達のリーダーとなったオデル・アルヴィエと、彼に近い騎士くらいだろう。

そもそも何故、ライアス王太子が帝国に留学し、五年が過ぎても帰国されなかったことに疑問を覚えなかったのか。

ガルネーダ帝国は、この大陸で最も広大な土地を有し、国力も高い大国だ。

軍事力はおそらく我が国とは桁違いだろう。だいたい、建国されてから千年が過ぎる国なのだ。

なのに、たった二百年の我がシャリエフ王国は、帝国を野蛮な国と呼び蔑んでいるところがある。

特に、何も知らない王都にいる貴族達にその傾向があった。

好戦的で、薄汚い連中と呼んでいる者達の方こそ、帝国にちょっかいを出して怒らせていることに全く気付いていない。

帝国との国境付近でのトラブルは、ほぼ毎日あると言っていい。

単なる喧嘩程度ならまだいいが、数年前、帝国側の国境の町の住民が、シャリエフ王国の貴族の私兵によって蹂躙されるという事件が起きた。

当然帝国は激怒し、王家に対し責任を追及してきた。

戦争だけは絶対に回避したい王国側は、事件に関与した者達を全員拘束し帝国に引き渡した。そして、彼らを雇っていた貴族の爵位を取り上げ、領地を没収するという厳しい処分を下した。

シャリエフ王国は、二度とこのようなことを起こさないと誓うが、帝国は、王族の一人を我が国に留学させろと言ってきた。どう考えても人質だ。

だが、一方的に悪いのは王国側なので、怒って拒否するわけにはいかない。

帝国側が考えていたのは、第二王子のエイリック殿下だったろう。

だが、帝国に向かったのは王太子のライアス殿下だった。

さすがに驚いたようだが、帝国はそのまま王太子を受け入れた。

それから数年後、ライアス殿下は皇帝一族の血を引いている公爵家の令嬢と婚約し、祖国に戻る様子はなかった。

これら経緯を知っている者は、貴族の中でもほんの一握りしかいない。

サリオンも、父親であるトワイライト侯爵から聞くまでは何も知らなかった。

息子が、王太子を迎えに帝国へ向かうことになって、ようやく彼は、これまで誰にも言えなかった過去の出来事を、サリオンに伝えることにしたのだ。

父親から聞いた過去の話は、サリオンには信じられないことだった。

今の国王が王太子時代に犯した過ちが、あまりにもエイリック殿下の時と似ているので、サリオンは驚いた。いや、そっくり同じだと言ってもいいほどだ。

亡くなった陛下の婚約者の実家だったバルドー公爵家は、帝国との太いパイプを持ち、信頼もされていたので、揉め事があってもうまく解決できていたという。

それまで大きな問題のなかった、シャリエフ王国と帝国の間に揉め事が多くなった原因は、もしやバルドー公爵家を失ったからではないかと思えた。

そんな事情がシャリエフ王国と帝国の間にあることを、おそらく従兄のオデルは知らなかったに違いない。でなければ、こんなことには……とサリオンは、目の前に立っているオレンジ髪の男の、全てを知っているかのような笑顔に、深々と息を吐き出した。

王都から馬で国境を抜け、最初に辿り着いた町で、シャリエフ王国の騎士達は帝国の兵士に出迎えられた。そう。自分達を迎えるために待っていた帝国の兵士だと思った。

キチンと隊列を組んで立っていたのだから、そう思うのは当然だろう。

ただ、違和感を覚えたのは、兵達の前で腕を組んで立つ男の存在だった。

この男だけは、革の胸当てをつけただけの軽装だったのだ。

鮮やかなオレンジ色の髪を無造作に紐(ひも)で結んだだけの、およそ帝国の兵士らしからぬ奇妙な男は、馬を下りて歩み寄ってきた王国の騎士達を見ると、ニヤッと笑った。

「シャリエフ王国から来た騎士は、これで全部か？」

得体の知れない男の横柄な態度に、騎士達のリーダーであるオデルは眉をひそめた。

なんだ、こいつは？　とオデルが不快な表情を男に向け、そうだと答えた瞬間、彼は物凄(ものすご)い勢いで殴り飛ばされていた。

予想外過ぎる男の行動に、騎士達は呆気(あっけ)にとられた。

攻撃を受けたなら、すぐに動くべきだったと思い知るのに、そう時間はかからなかった。

男の動きは、オデルを殴っただけで終わらなかったからだ。

男は止まることなく、次々と王国から来た騎士達を殴り、蹴り飛ばしていった。

一か所に固まっていたことが災いした。攻撃を防ぐにも互いが邪魔しあっていて、剣を抜くこともできなかった。

男はというと、軽いステップでも踏んでいるかのように動き、確実に一撃で相手を倒していく。

さすがに、男の攻撃を腕で止めようとする者もいたが、勢いを殺せずに吹っ飛ばされた。

力の差があり過ぎる。

サリオンも、男の重い拳をかわせずに殴り倒された。

「なんだ、なんだ。弱い！　弱すぎる！　これで、自分の国の王太子を護衛するつもりかぁ？　帝国の幼年組の方が、お前らよりよっぽど強いぞ」

　ついさっきまで、凜々しく騎士の制服を着こみ、自信と誇りに満ちていた彼らは、全て地面に這いつくばって呻き声を上げていた。

　殆ど急所をつかれたため、起き上がろうにも起き上がれない王国の騎士達の姿を、男は嘲笑った。騎士が、剣も抜けずに無様な姿をさらすことになり、悔しくて、ギリギリと歯がみする者もいた。

「我らにこのような真似をして、ただで済むと思うのか！」

「ほおぅ、元気のいいこって。一発で倒されたくせになぁ」

　オレンジ髪の男は、ニヤニヤ笑いながら、罵声を飛ばす金髪の騎士の背中を踏みつけた。

　ぐえっ、と潰れた声が漏れる。

「オデル・アルヴィエだったか。父親は近衛の騎士団長で、息子のお前は次代の騎士団長様か」

　え？　と口を開いて固まったオデルの顔の前で男がしゃがみ込む。

「驚くこたぁねえだろ。お前らのことは、とっくに調べ済みだ。帝国の諜報部は優秀なんでな」

　さて、と男が立ち上がる。

「優秀な騎士を揃えたって話だったから、ちょっとばかし楽しみにしてたんだがなぁ。これじゃあ、ここから先、行かせるわけにはいかねぇな」

「なっ！　我々は、国王の命を受けた騎士だぞ！　お前のような下っ端に阻めるものか！」

「下っ端、なぁ」

男は、白い歯を見せながら顎を撫でる。完全に馬鹿にした態度だ。

「その下っ端に、ボッコボコにやられたんだろが。違うか？」

ん？　と男は、いまだ立てないでいる他国の騎士達を見下ろした。

「舐(な)めるなあぁぁ！」

お？　と男は、突然剣を突き出されたので小さく声を上げた。

といっても、驚いたというより、面白そうな顔で笑い、男は軽く剣をかわす。

残った力を振り絞って剣を抜き飛びかかったのだが、軽くかわされてその場に膝をつく。

「サリオン・トワイライト。動けたことだけは褒めてやるが、その程度の腕じゃ婚約者は守れねぇぞ」

えっ！　とサリオンは、目を見開いて男を見た。

なんで……この男は、本当に俺達の情報を持っているのか！

全く、と男は片手をヒラヒラと振った。

「お粗末で話にならねぇな。お前ら諦めて国に帰れ。で、次は、もう少しマシなのをよこせと王に伝えろ」

「できるわけないだろう！　我々は、王太子殿下のために選ばれたエリートだぞ！」

ふん、と男は、オデルに向けて鼻を鳴らした。

「じゃあ、一つ条件を出してやろう。それをクリアしたら、帝都まで丁重に送ってやってもいいぜ。だが、クリアするまでは、この町からは出さねぇ」

「はあ!?」

「――条件とはなんだ？」

サリオンが聞くと、男は、ニヤリと笑った。

「お前らには傭兵の仕事をしてもらう」

傭兵！

「なあに、大したこっちゃないさ。この町での傭兵の仕事といったら、畑仕事の手伝いや家の修理、荷物運びくらいなもんだ」

「なっ！　そんな平民がやるようなことを、我々にやれというのか！」

「簡単でいいだろうが。百の仕事をこなしたらクリアってことにしてやる」

「ふ……ふざけんなぁぁぁ！」

オデルが真っ赤になって叫んだ。

「ま、どうするかは、お前らの自由だ。強制はしねぇよ。ただ、やらなきゃ、お前らはこの町から出られない。あ、諦めて国に帰るってんなら止めはしねぇ。好きにしな」

男はそれだけ言うと、クルリと向きを変え帝国の兵たちに向け、パン！　と手を叩いた。

「よっし！　解散!!」

町の宿屋でひとまず落ち着いたシャリエフ王国の騎士達は、二階にある集会等に使われる広い部屋に集まった。

オデルはいまだ怒りが収まらない様子だった。

代々、王家に仕える騎士の家系で、現在の当主は近衛騎士団長を務めている。

そんな名門の家に生まれたオデルは、自分もいずれは騎士団長になるのが当然だと思っていた。

それだけの能力はあると自負し、今回の王太子殿下の護衛騎士のリーダーにも選ばれたのだ。

そんな自分に、あのような屈辱を！

「あまり気にしない方がいいですよ、オデル様。やられたのは、皆、同じだし」

オデルは、カッと怒りで顔を赤くした。

「強かったよなあ。いきなりだったとはいえ、三十人もの騎士を、それも素手で倒すなんて。帝国にはあんな化け物が普通にいるのか」

「お前ら！　何を感心してるんだ！　我々は、帝国の野蛮人に侮辱されたんだぞ！　しかも、あんな条件を突きつけられて――恥を知れ！」

しかし、あの男の言う条件など無視して帝都に向かおうとした彼らだったが、帝都に続く道は全て見張りがいて町を出ることができなかった。

一歩も町から出られないというのは本当だった。

「オデル。こうなったら、あの男の条件をやり遂げて帝都へ向かおう」

サリオンがそう言うと、オデルは思いっきり眉間に皺(しわ)を寄せて舌打ちする。

「くそっ……不本意だが、しょーがない。ルイ、シリル、コンスタン、お前達が行って仕事をこなしてこい」

オデルに名前を呼ばれた三人は、驚いた顔をしたが、すぐに頷いた。

「わかりました」

「オデル！　何を言ってるんだ？　全員でやれば早く済むだろう！」

「はあ？　馬鹿言うな、サリオン。貴族に平民の仕事ができるわけないだろう」

「この三人だって貴族だろう！」

「誰かがやらないといけないなら、平民と変わらないこいつらが適任なんだよ」

そんなこともわからないのか、と呆れたようにオデルがサリオンを見た。

「いいんですよ。俺達は貴族と言っても、貧乏男爵家なのは確かだし」

「じゃあ、俺もやる！」

「ハッ！　言うと思った。ほんとにお前は馬鹿だな、サリオン。お前を将来騎士団長にと言ってる奴らもいるようだが、貴族のプライドもないお前がなれるわけないだろうが。いくら、俺の従弟でもな。もう騎士は諦めて、あのトロくさい父親の跡を継いだ方がいいぞ」

「余計なお世話だ、オデル。お前の方こそ、よく考えた方がいい。今何もしなければ、俺達はいつまでたっても帝都に着けないぞ」

「ああ。だから早く帝都に行けるよう、頑張ってくれよ、従弟殿」

「………………」

サリオンは諦めたように息をつくと、三人の騎士と共に部屋を出た。

オレンジ髪の男は二人の兵士を背後に、宿を出てくる彼らを待っていた。

男は、ニヤリと笑った。

「四人か。まあまあだな」

「…………」

「ルイ・ドリアン、シリル・ウェーバー、コンスタン・ティーノ。三人とも男爵家だな。予想通り過ぎて笑っちまうよ」

「…………」

「よっし。お前らは、こいつについて行け」

男は、兵の一人を指さしてから、サリオンの方に視線を向けた。

（この男、本当に知ってる……）

まさか、フルネームどころか、爵位まで知っているとは。

「サリオン・トワイライト。お前は侯爵家だったな。だったら、お前には二十七人分の仕事をやってもらわねぇとな」

「なっ！」

ま、死ぬ気でやりな、と男は楽しそうに声を上げて笑った。

閑話②

「リカードお兄様！」

ハーフアップにした長い亜麻色の髪を左右に揺らしながら幼い少女が、帝宮の中庭に面した廊下で立ち話をしている二人の青年の方へ駆けてきた。

少し遅れて少女の侍女らしい若い女が早足でやってきて彼女の後ろにつく。

「ビアンカ。皇女がそんなに走ってはいけないよ」

「だって、お姿を見るのは久しぶりですもの。御機嫌よう、お兄様、ライアス様」

ビアンカと呼ばれた少女は、二人の前で綺麗(きれい)な礼を取った。

二人の青年を見つめる緑がかった青い瞳はキラキラしている。

「ああ、久しぶりだな。元気そうでなによりだ、ビアンカ」

「はい。もうひと月余りお会いできてないのですよ」

「ああ、そんなになるか。ここの所忙しくてね」

「ライアス様も。最近は、帝宮に来てもお顔も見せて下さらず、寂しかったですわ」

ビアンカが、ちょっと拗(す)ねたような顔で、隣国からやって来た金髪の王太子の顔を見た。

「私も、ここ最近は色々あってね。すまないと思っているが」

「来週の花雅(はなみやび)のパーティーには来て下さるんでしょう？」

小柄なビアンカが、背の高い二人の青年を見上げるように見て聞いた。

花雅の時期は、帝国内だけでなく国外からも人が集まるので、とても盛大で賑やかな祭りとなっていた。

祭りの日、帝宮では、毎回国の内外から貴族を招待し盛大なダンスパーティーが行われていた。

ビアンカが隣国の王太子であるライアスと初めて会ったのも、そのダンスパーティーの場だった。

ライアスは十九歳、ビアンカは八歳だった。

ずっと身近な異性は兄二人だけだったビアンカにとって、絵本の中の王子様のような金髪で優しげな美青年との出会いは衝撃的だった。

まあ、彼は本物の王子様だったのだが、そんな彼が幼いビアンカの話し相手になってくれたのだから惹かれるのは当然だった。

金髪の他国の王太子と、亜麻色の髪の幼い皇女。

普通ならば、政略的に良い結びつきだと周りは思うものだが、しかし、この頃既に、皇太子のリカードと皇女であるビアンカとの婚約が噂されていたため、誰もそんな考えは持たず、ただ微笑ましく見ているだけだった。

リカードとビアンカは表向きには兄と妹となっているが、実際の関係は、はとこ同士だ。

リカードの祖父とビアンカの祖母が兄妹であった。

ビアンカは生まれてすぐに前皇帝に引き取られ、皇女として帝宮で育った。

ビアンカの祖母、つまり皇女だった女性は皇族の地位を捨て幼馴染みだった男と結婚した。

兄である当時の皇帝は妹の結婚に猛反対だったが、最後にはある条件を出し結婚を認めた。

その条件というのが、妹である皇女オリビアの最初の孫娘を引き取るということだった。

オリビアは女の子を産み、それから十数年後に娘は男と女の双子を産んだ。

約束通り、オリビアの孫娘は皇帝に引き渡された。

引き取られた当初は、前皇帝の側で育てられていたが、ビアンカが三歳の時に前皇帝のイヴァンが病気で亡くなり、彼女は新しく皇帝となったカイルに引き取られることになった。

リカードとビアンカの婚約話は、実は彼らが生まれる前からあった。

妹のオリビアが伯爵家に嫁ぐことになった時、兄のイヴァンが突然互いの孫を結婚させたいと言い出したのだ。オリビアは兄の思いつきに呆れたが、結局異議を唱えなかったので、それが自然と決定事項となった。

まあ、さすがにまだ幼いリカードと赤ん坊のビアンカを婚約させるのは無茶だと思ったイヴァンが、婚約はビアンカの成長を待ってからと決め、現在も正式な婚約はなされていない。

しかし、まわりは既に二人は婚約済みだと思っていた。

それは、十八歳になる皇太子リカードが、いまだ特別な相手を持つことなく、誰とも婚約していないからだが。

「ビアンカ。私はその日は参加できない」

「ええ〜！　どうしてですか！　私、今回もリカードお兄様にエスコートしてもらえるものだと思っていたのに！」

「悪いな、ビアンカ。父上の命で明後日からレガールに行くことになった。今月一杯は戻れない。エスコートは、アベルに頼んでおいたから、安心して楽しんでおいで」

「アベルお兄様が――ライアス様は？」

「私は勿論シャロンと参加するよ」

「……」

不服そうに顔をしかめたビアンカは、プイと顔をそむけると、彼らの横を通り過ぎていった。リカードとライアスは去っていくビアンカの背を苦笑いしながら見送り、そして二人は彼女とは反対の方へ歩いて行った。


「なんで――なんで、こんな目に遭うの！　私は皇女なのに！　私は、リカードお兄様の婚約者じゃないの？　皆、そう言ったじゃない！」

自室に戻ったビアンカは、表情を歪め大声で不満を口にした。

「仕方ありませんわ、ビアンカ様。陛下のご命令では殿下も断れませんわ」

「つまらないわ。せっかくの花雅なのに」

アベルお兄様がパートナーだなんて、サイアク。

二番目の兄アベルは、ビアンカとは二歳違いの十五歳だが、美姫と名高い母親似のリカードと違い、豪傑で有名だった曽祖父に似ているという顔立ちと体格の持ち主だ。

剣の腕前もだが、体術にも優れていて、八歳の頃から帝国軍の少年部隊に所属している。

現在は小隊を一つ任されるまでになっていた。

ビアンカは、脳筋と言える兄が苦手だった。遠慮もなくズケズケと物を言ってくるし、乱暴で下品だ。なのに、同じ年のシャロンは、シャリエフ王国の王太子であるライアスがパートナーだ。

ビアンカは、最初の出会いから、シャロンのことが気に入らなかった。

皇帝の遠戚に当たるシュヴァルツ公爵の直系で、両親は既にいないが、後見人となっている人物は皇帝である父でさえ一目置く人物だ。

誰もが目を引かれる美少女で、明るく愛らしいシャロンがパーティーに顔を出すと、皆彼女に話しかけようと近づく。

ビアンカには明らかに社交辞令で接する貴族らが、シャロンには柔らかな笑顔を見せるのだ。

「ビアンカ様は、女性では皇太后様に次ぐご身分。たとえ貴族でも、シャロン様に対するように気軽には声をかけられませんわ」

「そのシャロンが、将来は王妃よ」

まあ、と侍女はコロコロと笑う。

「ビアンカ様は、いずれ、このガルネーダ帝国の皇后になられる方じゃありませんか。シャロン様とは比べ物になりませんわ。何がそんなに気に入らないのです？」

「何もかもよ！　リカードお兄様がエスコートしてくれないことも、ライアス様が、気に入らないシャロンをエスコートすることも！　アベルお兄様は嫌いではないけど、リカードお兄様でないと嫌よ！　シャロンがライアス様と一緒にいるのを見るなんて、絶対に嫌！」

しばらく、不満を口にし続けるビアンカを見ていた侍女は、そう言えばとある噂を思い出した。

「公爵家のシャロン様は来年、シャリエフ王国に留学されるそうですが、そのための家庭教師を雇われていると聞きました」

「家庭教師なんて貴族なら普通でしょ」

「そうなのですが、その家庭教師はどうも曰くがあるらしいのですわ」

「え？」

ご令嬢がシャリエフ王国に短期留学されていた邸のメイドから聞いた話なのですが、とビアンカ付きの侍女は話し出した。

第三章　シャロンの怒り

ガルネーダ帝国に来てから、早くも半年の時が過ぎていた。

再会できた前世の兄が、私が妹のセレスティーネなのだとすぐに信じてくれたことはとても嬉しい。

私のことを知るキリアがいるのだから、万一の時は説明してくれたろうが、私は信じてくれなくても兄の側にいられれば、それでいいと思っていたのだ。

それが、公爵邸に着いたその日に兄と妹として再会できたことは、幸運であり、喜ばしいことだった。

あれから私は、帝都にある兄の邸に滞在している。

私が帝国に留まる理由にしていた、兄の義理の娘であるシャロン嬢の家庭教師をずっと務めていた。私より一つ年下であるシャロンは、とても愛らしく、性格も明るくて私はすぐに大好きになった。家庭教師といっても、私が教えることはシャリエフ国の歴史や文化、国によって違うマナーや上位貴族についてくらいだが、シャロンは私の話を毎回興味深く聞いてくれた。

逆に、シャロンが帝国について話をしてくれることも多かった。

まだ帝国は私にとって未知の国ではあるが、兄やシャロンがいることで、毎日がとても平穏で楽しく過ぎていった。

「アリステア姉様！」

最近のお気に入りであるサンルームで、ゆったりとハンギングチェアに腰掛けて本を読んでいた私は、顔を上げ、姿を見せたシャロンの方を見た。

今日はピンクの可愛らしいワンピース姿だ。

「まあ、シャロン。ダンスのレッスンは終わりましたの？」

「終わったわ。隣に座ってもいい？　アリステア姉様にお話があるの」

どうぞ、と私が僅かに端に寄ると、シャロンは嬉しそうに隣に座ってきた。

たまご形の籐の椅子は一人用だが、二人でもゆったり座れる大きさだ。

私もシャロンもまだ大人には遠いからこそだが。

シャロンは、最初から親しみを感じてくれていたみたいだが、あの夜のことがあってから、まるで身内のように懐いてくれていた。まさか、シャロンに姉様と呼ばれるとは思わなかったが。

私の方は、さすがに雇い主のご令嬢を、たとえお願いされても人前で呼び捨てにはできなかった。

シャロンは残念がったが、それは仕方のないことだ。

私は雇われた人間であり、シャロンは雇い主のお嬢様なのだから。

ただ、二人だけの時や、いてもミリアだけなら、シャロンと呼んだ。

「あのね、お茶会のお誘いを受けたの。お父様とも親しいフォーゲル侯爵夫人から。お父様に連れられて、何度か夫人のお茶会に参加したことがあるわ。とっても珍しい海の向こうのお菓子や、花のような不思議な香りのするお茶とかがあって、それがとっても美味しいの。外国と商売をしている人も招待されていて面白いお話をたくさんしてくれるのよ」

「まあ。楽しそうですね」

「ええ、とっても楽しいわ。ね、アリステア姉様も一緒に行かない？」

「私が、ですか」

でも、と私は困った顔をした。興味はあるのだが。

公爵の邸に来てから、私は外へ出るといえば庭や、敷地内にある森を散歩するくらいで、外出はしたことがなかった。

当然、邸内の人間以外との付き合いはない。

それは、兄に、外には出ない方がいいと言われていたからだ。

確かに私は問題があって国を出てきたので、帝国の人間と接するのは避けた方がいいのかもしれない。勿論、私は冤罪で何も悪いことをしたわけではないのだが。

「残念ですけど、公爵様のお許しがなければ私は外出できません」

「大丈夫！　懇意にしてるフォーゲル侯爵家ですもの。お父様も、とても信頼されている方なのよ！　それにアリステア姉様のことも夫人はご存じだし」

「え？　そうなんですか？」

「ええ。だって、頂いたお手紙に、アリステア姉様のことも書いてあったもの。他国からいらした家庭教師もご一緒にって。きっと、お父様がお話ししたのよ。でなければ、ご存じの筈ないもの」

「………」

確かにそうかもしれない。

帝国で私のことを知っているのは、この屋敷の使用人と兄に関係している人間だけだ。

兄は、私のことが外に漏れないように使用人に口止めしていると言っていた。

侯爵夫人が私のことをご存じだというなら、それは兄が話したと考えていいだろう。

つまり、シャロンの言う通り、兄がとても信頼している方だということだ。

「一緒に行ってくれる？　アリステア姉様」

「ええ。でもやっぱり公爵様に伺ってからに」

「あら、それは無理よ。だって、お茶会は今日ですもの」

えっ！　と私は驚いて隣のシャロンを見た。

「お父様は夜にならないと帰って来ないから、お茶会のことはお話しできないわ」

「それじゃ」

「お願い！　私、姉様と一緒に行きたいの！　行って自慢したい！」

は？　自慢って？

「だって、アリステア姉様は、こんなに綺麗なのに誰も知らないなんてもったいないわ！　あ、でも……私だけが知ってるというのも魅力的ではあるけれど」

私は目を瞬かせ、そしてクスッと笑いをこぼした。

こんな可愛いことを言われたのは生まれて初めてだ。

日本にいた時は一人っ子だったし、セレスティーネには兄だけだった。

もし、妹がいたなら、こんな感じなのだろうか。懐いてくれるシャロンがとても可愛い。

「私も公爵様の許可を得ずに外出されるのはやめた方がいいと思います」

丁度お茶を持ってきてくれたミリアが、私とシャロンの会話を耳にし、そう言った。

キリアは、兄から受けている仕事で外に出ていることが多く、いつも側にいるわけではないが、ミリアは私個人のメイドということで、常に側にいてくれた。

公爵邸のメイドとも仲良くやっているらしく、休憩時間、彼女達とよくお喋りをしているらしかった。

「わかったわ。じゃあ、アーネストに聞いてみる」

シャロンはそう言って軽く床に降り立つと、サンルームを出て行った。

執事のアーネストは、この邸で最も信頼されている人物だ。

彼に相談するというのは間違ってはいない。いないが。

「残念ですけど、無理だと思いますよ」

「そうね」

アーネストは、シャロンの両親である前シュヴァルツ公爵夫妻がいた時から執事として仕えていた人物だという。

なので、彼が仕えるべき主人は彼らの一人娘であるシャロンなのだが、アーネストは彼女ではなく現当主であるアロイス・フォン・シュヴァルツの意思を尊重する。

シャロンがまだ幼いからでもあるが、シュヴァルツ公爵であり彼女の後見人でもある兄アロイスへの信頼が大きいからでもあった。

シャロンのお願いは、やはりというか却下された。

その代わりというか、来月のシャロンの誕生日にフォーゲル侯爵夫人に来て頂くように公爵様にお願いしておくとアーネストに言われ、シャロンは渋々納得したようだった。

だが、それが、とんでもない事の始まりになるなんて、この時は予想もしていなかった。

結局、フォーゲル侯爵夫人のお茶会にはシャロンが一人で参加した。

帰ってきたら、お茶会であったこと、聞いた面白い話をたくさんするからとか、お土産ももらえるから一緒に食べましょうとか、可愛いことを言ってシャロンは馬車で出かけていった。


シャロンのこの日の装いは、私が選んだ。

淡いピンクのドレスや青い花のアクセサリー。ハーフアップにした髪に付ける髪飾りも私が選んで付けた。

シャロンはとても喜んでくれた。

フォーゲル侯爵夫人のお茶会をとても楽しみにしていたので、機嫌良く帰ってくると思っていた私は、酷く怒った顔で馬車から降りてきたシャロンに驚いた。

しかも、綺麗にセットしたシャロンの髪が酷い有り様になっている。

よく見れば、左の頬が赤くなっていた。

「シャロン様！　いったいどうしたんです!?」

「アリステア姉様！」

迎えに出ていた私を見たとたん、シャロンが抱きついてきて、わっと泣き出した。

びっくりして、どうしていいのかわからず、私はシャロンの背に腕を回して宥めた。

いったい何があったのか。

一緒に迎えに出ていたアーネストやメイド達も、困惑したような表情で私とシャロンを見つめている。

この日、いつもより早く邸の主人であるアロイス兄様が帰宅した。

アーネストが知らせたのかと思ったが、それにしては早い気がする。

その頃にはシャロンも落ち着きを取り戻しており、メイドの淹れた温かいお茶を飲めるようになっていた。

腫れた頬も氷で冷やしたので赤みが薄くなっている。

乱れた髪は、彼女付きのメイドが手早く直した。

シャロンと共に私もアロイス兄様の書斎に呼ばれた。

シャロンは私が側にいることでやや緊張が薄らいでいるようだが、同時に複雑な表情も見せていた。

いったいお茶会で何があったのだろう。

アロイス兄様は一人用のソファに座り、私とシャロンは向かい合うように置かれた長椅子に並んで座った。

シャロン、と呼ばれた彼女はビクンと肩を震わせた。

「わ、私は何も悪くありません！　悪いのは向こうです！」

「フォーゲル侯爵夫人から事情は聞いている。たとえ、理由はどうあれ皇女殿下を殴るのは感心できん」

えっ!?　と、私は口を尖らせているシャロンの方を驚いた顔で見た。

予想外だ。

皇女殿下を……殴った？　皇女殿下って、もしかしなくても、皇帝のご息女？

ええ～！

私はあまりの事に青ざめてしまった。

貴族が皇族に手をあげるなど、下手をすれば不敬罪に問われ、極刑とまではいかないまでも、投獄されてもおかしくないことだ。

「どうしてそんな」

シャロンは、明るくて心根の優しい、しっかりとした少女だ。

人に手をあげるなどとは、とても思えない。しかも、相手は身分の高い女性。

「だって、とても酷いことを言ったのよ！　いくら、皇女殿下だとしても、許せることではないわ！」

「…………」

こんなにも感情的になっているシャロンを見るのは初めてだった。

いつも明るい笑顔で、時たま拗ねた表情が愛らしい少女なのに。

「いったい何が？」

「お茶会でアリステア・エヴァンスの悪口を言われたそうだ」

「私の？」

私は驚いて目を瞬かせた。

「お父様！」

シャロンが眉間に皺を寄せ、余計なことを言うなというように睨みつけ、アロイス兄様の言葉を遮った。

珍しい光景に私は困惑する。

「シャロン様。皇女殿下は、私のことをなんて仰ったんですか？」

絶対に口を開くものかと口を真一文字にし俯くシャロンを見て、アロイス兄様は小さく息を吐いた。

「お前が言いたくないというなら、私が彼女に伝えてもいいが」

「ダメ！　言わないで！　ちゃんと私が言うわ！」

私は隣に座るシャロンの横顔を見た。

「なんと言われたんですか？」

まだ迷っている様子だったが、しばらく待っているとシャロンは口を開いた。

「……アリステア姉様が、シャリエフ王国の学園内で貴族令嬢を階段から突き落としたって。その令嬢が姉様の婚約者と親しくしてたから嫉妬でずっと虐めていたのだと。それがバレて、王子に断罪されて国から追放されたんだって」

え？　と私は思わずお兄様を見た。

どういうこと？　私が帝国にいることを知っているのは、身内とそれに近いほんの数人の筈だ。

なのに、この国の皇女殿下が私のことを知っているって、どういうことなんだろう？

「どこで漏れたかは今調べさせている」

可能性が高いのは、この公爵家の使用人からということになる。

私が帝国に来ていることを知っているのは、シャリエフ王国では母マリーウェザーだけ。

母がもし話したとしても、それは彼女が特に信用できる者にだけの筈だ。

キリアは絶対にない。

となると、やはりこの邸の使用人しか考えられなかった。

なにしろ、私の身元を知り、さらにシュヴァルツ侯爵の邸にいることを知っているのだから。

しかし、王立学園で起こったことまで知っているとなると——

アリステア姉様、とシャロンは心配そうな瞳で私を見つめた。

「王子殿下に断罪されたのは本当です。でも私は何もしていません。王子殿下が誤解されただけなんです。しかし、その誤解を解くには相手が王族であるためかなり困難で。それで、母がしばらく国を離れた方がいいと、帝国へ送り出してくれたんです」

「誤解……悪いことをして追放されたわけじゃないのね？」

私が頷(うなず)くとシャロンはホッとした顔になった。

「ああ良かった！　私は間違っていなかったわ！　姉様のことを知りもしないで安易に噂(うわさ)を信じた皇女殿下が間違っていたのよ！」

「だからといって、手を出すのはなしだ、シャロン。反論はしてもいいが、手は出すんじゃない」

「ごめんなさい……」

シャロンは、しゅん……となって項垂(うなだ)れた。

「やっぱり問題になる？　お父様……」

「どうなるかは、まだわからないな。とにかく、お前は部屋で謹慎だ」

はい、とシャロンは俯いたまま立ち上がると、呼ばれたメイドに連れられて書斎から出て行った。

私は、今回起こったことをもう少し詳しく聞くために部屋に残った。

「大丈夫なんですか？」

シャロンが喧嘩(けんか)をした相手は皇女殿下だ。問題にならない筈はない。

いくら公爵家の力が強くても、相手は皇族なのだ。

もし、処罰が下される事になったら。私のせいで――

「心配はいらない。あの皇女には少し問題があるのだ」

「問題？」

アロイス兄様は足を組み、少し考えるように手を顎に当てた。

「そんなことより、何故(なぜ)お前の情報が外に漏れたかだ。お前のことは、陛下にも言ってない。家庭教師に誰をつけるかなど、余程国にとって問題があるとされない限りは、いちいち陛下の許可を得ることではないからな」

「私のことを知っているのは、キリーとミリアだけです。後は、ライアス王太子様とレオンくらいで」

「ライアスとレオンが誰かにお前のことを話すことなどは、絶対にない」

「キリーとミリアも絶対にありませんわ」

「わかっている」

私はこの邸に来てから一歩も外に出かけてはいないし、外から来た誰とも会っていなかった。

となれば、この邸にいる者が外に漏らしたとしか考えられない。

だが、邸の使用人は、きっちりと身元調査された者ばかりの筈。

その使用人にも、邸内のことは、軽々しく他人に話してはならないと、厳しく言ってあるという。

なのに、漏れたという事実が兄には衝撃だったろう。

「すみません。私のことでお兄様にご迷惑をかけることに」

「シャロンのことは気にするな。たとえ皇族が相手であろうと、あの娘に危害を加えられる者は誰もいない。私がさせない」

「アロイス兄様――――」

閑話③

フォーゲル侯爵夫人のお茶会で起こった出来事は、その日の内に皇太子リカードの下に報告がされていた。

ガルネーダ帝国では、皇帝の血を引く者は男女関係なく皇位継承権を持つ。

なので、当然皇女ビアンカにも継承権はあった。

祖母であるオリビアは皇女だったが、母親は伯爵令嬢であり皇女ではなかった。しかし、ビアンカは先代の皇帝に引き取られた時点で皇女となり継承権を得た。

継承権を持つ皇女には、当然のことながら護衛がつく。

常に見える場所にいて皇女の身を守っている護衛騎士と、誰にも気づかせずに、ひっそりと存在する〝シャドウ〟と呼ばれる者達だ。

物理的な攻撃から皇女を守る騎士とは違い、〝シャドウ〟は皇女に近づく者、まわりで起こったことを見聞きし報告する役目を持つ者だった。

〝シャドウ〟は、本当に危険と判断した場合は武器をとるが、それ以外では絶対に正体を見せることはない。唯一、己が主人と認めた者以外には。

どうする？　と報告を受けて渋い顔をしているリカードに向け問うたのは、赤っぽい茶髪の青年だった。

彼は、表向きは皇太子の幼馴染み（おさななじみ）という立場であるが、実は代々皇位継承者を守ってきたリーヴェン伯爵家の嫡男である。

表ではなく、裏から皇帝一族を守ることを選んだ一族。

皇帝の子供達のためならその命を捨てることも厭（いと）わないという彼らのことを知っているのは、皇帝とほんの一部の人間だけだ。

彼らは、自分達が〝シャドウ〟であることを他に知られないよう、普通の貴族として振る舞っているので気付く者は誰もいない。

だからこそ、彼らは自由にどんな場所にでも行くことができた。

フォーゲル侯爵夫人の茶会にも。

「そういえば、フォーゲル侯爵夫人の茶会には貴族の令嬢しか参加できないと聞いたが、誰が行ったんだ？」

「ああ？　そりゃ俺しかいないだろ」

当然だろうみたいに答えられて、リカードは眉間の皺（しわ）を指で押さえた。

「何故（なぜ）お前が行く？　エバがいるだろう」

「皇女殿下が参加するとわかってて、うちの大事な妹を行かせるわけないだろうが」

「………………」

リーヴェン伯爵家の跡継ぎであるルシャナが、妹を溺愛しているのは有名な話だ。

当主は健在だが、実質、帝都にいる〝シャドウ〟を束ね動かしているのは、まだ二十歳にもならないルシャナだ。しかし、この男は妹が絡むと途端に私情に走るという悪い癖がある。

とはいえ、それで彼が任務に失敗することは、万に一つもないのはさすがだが。

「ルーシャ——お前は、ただのお茶会で何が心配なんだ」

ルーシャはルシャナの愛称で、リカードは子供の頃からこの幼馴染みをそう呼んでいた。

初めてルシャナがリカードと顔を合わせたのは四歳の時。その時から彼は次の皇帝となるリカードを見守り続けている。

普通リーヴェン一族は、特定の皇位継承者につくことはない。

情に流されないようにするためで、その時々によって守る相手を替えるのだ。

だがルシャナだけは、最初からずっと友人としてリカードの側についていた。

「貴族の茶会はある意味戦場だよ。そこに悪意が放り込まれりゃトラブルにもなる。案の定、大騒ぎになって茶会は潰れただろうが」

ルシャナがそう言うと、リカードは溜息を吐いた。

この男にかかっては、我が国の皇女も〝悪意〟扱いだ。まあ、わからなくもないが。

「フォーゲル侯爵夫人の茶会に皇女殿下が参加される予定はなかった筈だけどな。殿下についてた部下から報告を受けたんで俺が行ったが、あれは最初からシュヴァルツ公爵令嬢に難癖をつけるつもりだったと思うぜ」

「よりにもよって——」

「ああ、よりにもよってシュヴァルツ公爵だよ。俺でも敵に回したくない方だってのに、なんてことして下さるんだ、皇女殿下は」

「ビアンカは何も知らないからな」

「知らないで済む問題ではないと俺は思うぞ。皇女殿下ももう十四になる。皇女として知っておくべきことは教えた方がいいんじゃないか」

「何も問題がなければそうするさ」

苦笑いを浮かべたリカードに、ルシャナは肩をすくめた。

「あの噂（うわさ）か」

ビアンカ殿下が引き取られた時より噂されている、ある疑惑。

何度も調査がなされ噂が否定されてきたが、それでも消えないのは、先代皇帝の妹姫であったオリビア皇女が貴族の間で女神のように伝わっていたからに他ならない。

オリビア皇女に会ったこともなく、顔すら知らない筈の若い貴族でも知っている。

煌（きら）めく黄金の髪に透き通るような青い瞳の美しい高貴な女性。

会ったことがないからこそ、彼女の美しさは憧れでもって神格化されていった。

オリビア皇女が、幼いころから愛し続けた男性と結婚するために、皇位継承権を捨てたことも人気に火をつけたともいえる。

なにしろ、その話は小説本となって庶民の間で今も人気となっているのだ。

「黄金の髪に宝石のような青い瞳の美しい皇女様。まさに物語に出てきそうな女性で現実味がないんだが、実際にそうだからなあ」

皇族が住む帝宮の奥宮に、かつて皇女だったオリビアの部屋がある。

部屋の主がいなくなってからは、そこは封印され誰も入ることはできないが、ルシャナはリカードと一緒に先代皇帝に連れられ、今はヴェノスと呼ばれるオリビア皇女の部屋に入ったことがあった。

そこには、十六歳のオリビア皇女の肖像画が壁にかかっていて、そのあまりの美しさにまだ幼かった少年達は声もなく見惚(みと)れてしまった。

オリビア元皇女が娘を産んでしばらくして、夫である伯爵が病に倒れ二人目が望めなくなった。

彼女はただ一人の娘を大切に育て、やがて成長した娘は結婚して男女の双子を産んだのだが、難産だったこともあって身体(からだ)を壊してしまった。

殆(ほとん)ど寝たきりの生活が続いたそうだが、残念なことに八年前に亡くなった。

ビアンカは、オリビア元皇女の娘が産んだ双子の片割れだった。

双子の兄の方は、侯爵である父親の下で元気に育っているらしい。

噂というのは、ビアンカが本当にオリビア元皇女の孫なのかというものだった。

確かに、引き取られた赤ん坊は、少しも元皇女に似た所がなく、誰もが首を傾(かし)げたのだ。

まあ、父親に似たと言われればそうなのかもしれないが。

元皇女の娘であるビアンカの母親も父親似なのか、元皇女には似ていなかったらしい。

ビアンカの亜麻色の髪は父親似で、緑がかった青い瞳は母親似だという。

「黄金の髪に透き通った青い瞳を期待していた側にはがっかりだったんだろうな」

「表立ってそう言う者はいなかったが、そうなのだろう。ビアンカには可哀想だが」

「可哀想……ね。それで、あんなはた迷惑な皇女殿下が出来上がったわけか」

まだ子供だ、とリカードは言ったが、ルシャナはハッ！　と鼻で笑った。

「もう社交界に出ている年だ。その年になれば、皆責任ってものが出てくる。己の軽はずみな言動が許されるのは、デビューする前までなんだよ、リカード」

「お前ははっきり物を言い過ぎだ、ルーシャ」

「で？　リカード殿下は噂をどのように考えているんだ？　お前もやはり疑ってるのか」

リカードは少し考えるように目を伏せた。いまだ、ビアンカに何も教えていないということは、皇族内でも疑いが完全に消えていないからだろう。

「なんとも言えないな。ビアンカの母親は間違いなくオリビア様が産んだ御令嬢だ。疑う余地はない」

ビアンカが生まれる時、皇帝自ら信用のおける医師を派遣したのだから、間違いはないとリカードは言う。

ふうん、と鼻を鳴らしたルシャナが、ちょっといいか？　と意見を言うため軽く右手を上げた。

「なんだ？」

「ビアンカ殿下の生まれが間違いないってんなら、疑うのはその母親の生まれってことにならないか？」

ルシャナの言葉に、リカードは驚いたように目を見開いた。

「まさか……それはないだろう」

「うん、まあ調べるのは難しいよな。だいたい、似てないってだけの根拠のない噂だし」

それより今一番問題なのは、とルシャナは額に拳を当てた。

「シュヴァルツ公爵令嬢のことだよな。理由はどうあれ、ビアンカ殿下に手をあげたのは公爵令嬢だ。けど、罰するというわけにもいくまい？」

ああ、とリカードも困ったように溜息を吐いた。

「ビアンカはシャロン嬢に厳罰を与えてくれと訴えてきたが、およそ無理な話だ」

「当然だ。だいたい、先に侮辱したのは皇女殿下の方だからな。俺は皇女殿下のヒステリーより、公爵の逆鱗の方が恐ろしいよ」

「確かビアンカは、シャロン嬢の家庭教師をしているという令嬢のことを言ったのだったな」

「アリステア・エヴァンス。隣国のシャリエフ王国の伯爵令嬢だ。ビアンカ殿下が言うには、同じ伯爵家の令嬢を階段から突き落としたそうだ。で、怪我をした令嬢と親しかった第二王子が怒って国外追放を言い渡したという経緯らしい。令嬢はその日の内に王都から出ているようだ」

「国外追放？　第二王子にそんな権限があるのか？」

「さあ？　だが、国は違うが国王を無視して第二王子が勝手に貴族の令嬢を追放するのは、ちょっと考えられないな。そんなことがまかり通るなら、貴族が疑心暗鬼になって国王への信頼すらなくなるんじゃないか」

「その、国外追放になった伯爵令嬢が、シュヴァルツ公爵家で家庭教師をしているのか。年は幾つだ？」

「シャリエフ王国の王立学園の学生だったというから、十七にはなってないだろう。十五か十六という所か」

「まだ子供じゃないか。そんな子供を国外追放って、その第二王子の頭は大丈夫か」

「言っとくが、ビアンカ殿下もやりかねないからな。油断するなよ、リカード。ま、お前が無理だってんなら俺が潰すけど」

「肝に銘じておく。とにかく公爵への対応だ」

「早い方がいいな。既に公爵閣下からビアンカ殿下への謝罪の手紙が届いてるんだろ？」

「ああ……私の所で預かってはいるが――実は、怖くてまだ封を切れないんだ」

「………」

ルシャナは、気の毒そうに幼馴染みであるこの国の皇太子を見つめた。

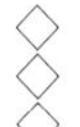

詫びたいと思っても、皇太子であるリカードが、直接公爵邸に出向いて頭を下げるなど到底不可能な話だった。
第一、先に手を出したのはシュヴァルツ公爵令嬢のシャロンであり、彼女が暴力を振るった相手はこの国の皇女。

本当なら、シュヴァルツ公爵家に対し抗議する案件なのであるが、そうなった原因が、ビアンカ殿下がシャロン嬢の家庭教師をネタにして侮辱したことにあるから一方的に公爵家を責めることはできない。

そもそも、ビアンカ殿下がイライラしていたのは、花雅（はなみやび）のパーティーでリカードがエスコートしなかったからなのだ。

つまり彼女の八つ当たりが、もともと気に入らなかったシャロン嬢に向かったというのが真相なのである。

しかし、彼女達がまだ十三歳という幼さだといっても、その身分から子供同士の喧嘩（けんか）ということですますわけにはいかないという事情がある。

結局、ルシャナがリカードの伝言を持って公爵邸に向かうことになった。

ま、俺しかいないよな、とルシャナは思う。

最初からそのつもりではあったが、役目とはいえ損な役回りである。

俺だって怖い。公爵は、普段何も無ければ穏やかで本当に頼りになる方なのだが、怒らせると皇帝でさえ引いてしまうくらいの怖い方なのだ。

丁度シャロン嬢の誕生日パーティーが公爵邸で行われると聞き、パーティーに招待されているフォーゲル侯爵夫人の連れとしてルシャナは参加させてもらった。

誕生日パーティーは身内だけが招待された小規模のものだったが、さすが名門シュヴァルツ公爵家のパーティー。華やかで上品。珍しい料理も並んでいて、こんな状況でなかったなら大いに楽しめたものを、とルシャナは残念がった。

「フォーゲル侯爵夫人！」

パーティー会場である広間まで公爵家のメイドに案内され中に入ると、この日の主役であるシャロン嬢が笑顔で出迎えてくれた。

この日のシャロン嬢は、珍しく青いドレスで、癖のないアッシュブロンドの髪には青いリボンが編み込まれ左側に軽く流すという大人びた雰囲気の装いだった。

先日のピンクのドレスにハーフアップにした髪の彼女も愛らしかったが、今のちょっと大人びた彼女もなかなかいい。

侮辱され、皇女殿下の顔を引っ叩く気の強さを持っているが、基本的に明るく優しい性格で誰にでも愛される少女なのだ。

「先日はせっかくお誘い頂いたお茶会でしたのに、台なしにしてしまって、本当にすみません」

「いいのよ、シャロン様。あの場は仕方ないことよ。突然来られた皇女殿下に適切な対応を取れなかった私が悪いの。ごめんなさいね」

「そうですわ。シャロン様が謝られることはありませんわ」

シャロン嬢が夫人の隣に立つルシャナの方に顔を向けた。

「ルシアナ様――ルシアナ様にもご迷惑をおかけしてすみません」

「あら。名前を覚えて頂けて嬉しいですわ。どうぞ、気になさらないで下さい、シャロン様。本日はお誕生日おめでとうございます」

「おめでとう、シャロン様」

目の前の二人に微笑まれお祝いの言葉を告げられたシャロンは嬉しそうに頬を染めた。

やっぱり可愛いなあ、とルシャナは思わず頬が緩みそうになった。しかし、一番可愛いのは妹のエバだというのは譲れないが。

「ありがとうございます。プレゼントも嬉しいです」

「そういえば、婚約者のライアス殿下はいらっしゃらないの？」

「ライアスは、さっきお父様に呼ばれて」

あ、やっぱりいるんだシュヴァルツ公爵――

そうだよな。大事な娘の誕生日にいないわけはないか。

できれば顔を合わせたくはないが、それは無理な話かとルシャナはひっそり溜息をつく。

それを目にしたメイドが目を瞠るのを見たルシャナは、ニッコリと微笑んだ。

完璧な女装。どこをどう見ても普通に貴族の令嬢に見えるだろう。

まさか男だとは誰も思うまい。実際、間近に接したフォーゲル侯爵夫人もシャロン嬢も気付いた様子はない。

まあ、声も女の声にしているしな。これで、公爵にも見破られなければ完璧な変装なんだが。

「シャロン様。実はリカード皇太子殿下からご伝言を預かっているのですが」

伝言？　と可愛らしく小首を傾げたシャロン嬢は、あ……と小さく声を上げた。

「アリステア姉様！　お話ししていたルシアナ様もいらして下さったの！」

アリステア？

振り返ると、部屋に入ってきたばかりの少女の姿が瞬時に目に入った。

えっ!?

ルシャナは彼女を見た瞬間、絶句してその場に固まってしまった。

「お会いできて光栄です。シャロン様の家庭教師をしておりますアリステア・エヴァンスです」

少女は侯爵夫人とルシャナに対し、美しい淑女の礼をした。

まあまあ、と侯爵夫人は感嘆の声を上げた。

「なんてお綺麗なご令嬢でしょう。お会いできて嬉しいですわ」

「…………」

侯爵夫人は気がついていない。当たり前か。

あの方の顔を知っている者など、貴族でも殆どいない筈だし。

しかし、ルシャナは一度だけだが肖像画を見た。黄金の髪と透き通った水のような青い瞳の皇女の肖像。目の前の、アリステアと名乗る少女にそっくりな。

「こんな場所に立っていないでテーブルの方へ行こう。もうすぐシャロンのためのケーキがくるよ」

いつの間に来たのか、シャロン嬢の婚約者であるライアス殿下が現れ、茫然としている間に彼女達を連れて行かれた。

そして、一人動けずにいて取り残された形のルシャナの背後から、低い声がかけられた。

声を聞いた瞬間、全身から冷たい汗が噴き出す。

「ルシャナ・カイ・リーヴェン。伝言があると言ったな。私が聞こう。ついて来い」

「…………は、はい、閣下」

ヤベェ……俺、口を塞がれるかも。

第四章　帝都からキリアの村へ

フォーゲル侯爵夫人の茶会でトラブルになった原因が判明した。

アロイス兄様が調べた所、ビアンカ皇女殿下に私のことを話したのは、殿下付きの侍女だったようだ。しかし、何故殿下付きの侍女が？

その侍女に問うと、シュヴァルツ公爵令嬢の家庭教師をしている私のことを、懇意にしている伯爵家のメイドから聞いたのだと答えたらしい。

では、そのメイドはいったいどこから情報を、と調べれば、なんと彼女の母親からだった。

実は、伯爵家のメイドの母親の妹の娘がシュヴァルツ公爵家のメイドだったのだ。

赤茶けたレンガ色の髪のメイドと聞いて、私はすぐに思い当たった。

毎朝シャロンの髪をブラシでとかしている十代後半くらいの若いメイドだ。

たしか、シャロンはエルザと呼んでいた。

明るくお喋りな可愛らしいメイドだったが、今回そのお喋りが裏目に出たということなのか。

久しぶりに休みをもらって自宅に帰ったエルザは、つい私のことを母親に話してしまったらしい。

それを母親が、たまたま遊びにきた姉に喋り、そして姉が伯爵家のメイドをしている自分の娘に話したことが、殿下付きの侍女に伝わったという経緯のようだ。

なんというか、お喋りな家族だ。怒る気にもならないが、しかし、そのせいで侯爵夫人の茶会が潰れ、シャロンが部屋で謹慎する羽目になったのは事実である。

雇われている邸(やしき)の内情を、たとえ身内であってもペラペラ喋られては困る。

たとえ、悪意はなくとも、今回のようなことが度々起こるようでは大問題だ。

そもそも、雇う前にその点はきっちりと言っていた筈(はず)だとお兄様は言う。

解雇するのかと私が尋ねると、アロイス兄様は解雇しないと言った。

エルザがこの邸でメイドをする様になって二年。その間に、重要なことは知られていなくても、邸内のことは知られている。

使用人は何人いるかとか、人の出入りについてとか、全てではなくとも邸の間取りまで外に漏らされては、いくら警備を強化してもどうしようもない。

喋らないように言っても、彼女の性格ではポロリと喋ってしまうかもしれない。

それなら、邸に置いておいた方が安心だ。

ただ、シャロン付きのメイドからは外し、下働きに回したという。

アロイス兄様に泣いて謝ったエルザは、クビにならずにすんだことに感謝し、今は頑張って働いているようだ。

エルザとはもうお喋りすることはできないが、それでもクビにならなかったことにシャロンもホッとしているという。

それにしても、エルザが母親に話したのは私の名前と容姿くらいで、私が第二王子とのトラブルでシャリエフ王国から帝国に来たという事情は勿論(もちろん)知らない筈だ。

だが、ビアンカ皇女殿下は知っていた。

彼女の侍女に喋ったという、エルザの従姉妹が勤めていた貴族の令嬢が、シャリエフ王国の王立学園に短期留学していたというから、そこから聞いた話かもしれないが。

外に出さなくても、知られることになるのかとアロイス兄様は深い溜息をついた。

侯爵夫人のお茶会で、シャロンが皇女殿下を平手打ちしたことは、本来なら大きな問題に発展する筈であったが、何故か公爵邸内は今も平穏だった。

アロイス兄様がすぐに謝罪の手紙を送ったというのだが、それだけですむのかと私には疑問だった。まあ、それで問題が解決ならそれはそれでいいのだが。

シャロンの謹慎は一日で解かれ、シュヴァルツ公爵邸では、シャロンの十四歳の誕生日に向けて準備が着々と進められた。

パーティーといっても、身内だけの小規模なものだが、それでも公爵家の令嬢の誕生日に相応しい華やかなものにしようと使用人たちは頑張っていた。

今はシャロン付きではないエルザも、お嬢様に喜んでもらうために、と裏方として頑張っているらしい。


そして、誕生日当日。

私はパーティーの主役であるシャロンの準備を手伝っていた。

その日着るドレスは、婚約者であるライアス王太子殿下が自ら選んでシャロンに贈ったものだという。

ドレスを見ただけでわかる。

ライアス殿下が、シャロンのことをきちんと見ていることを。

それほど、贈られたドレスは、シャロンのためのドレスと言っていいほど似合ったものだったから。

ドレスの着付けはメイド達がするので、私はシャロンの髪のセットを手伝った。

柔らかなアッシュブロンドの髪。

触れればサラリと指からこぼれ落ちるほどの綺麗な髪だ。

長さは、腰まで届いていないが、癖のない真っすぐな髪は美しい。

私はシャロンの髪をブラシで優しく解きほぐし、両端から髪を少しずつとってスルスルと編み込んだ。少女らしい装いに、ほんの少しだけ大人の色気を入れて。

私がセレスティーネだった時。

社交界デビューの日に母がちょっとだけ手を加えてくれた趣向だ。

青いリボンを見つけた時、つい懐かしく思い出した。

癖のないシャロンのアッシュブロンドの髪に、青いリボンを編み込み左側に流すと随分と雰囲気が変わる。

当時まだ十二歳だったセレスティーネも、鏡を見て驚いたものだった。

シャロンも大きな鏡で確かめるとそれを感じたようで、とても喜んでくれた。

素敵！　素敵！　とシャロンは歓声を上げながら鏡の中の自分を眺めた。

喜んでもらえて良かったと私はホッと息をつく。

後は部屋にいるメイドたちに任せ、私は自室に戻った。

ドアを開けると、中でミリアが待っていた。

「お嬢様、少し遅れているので急ぎましょう」

ミリアはそう言って、用意してあった薄緑色のドレスをクローゼットから出してきた。

そのドレスは、母マリーウェザーがキリアに預けていたものだ。

断罪イベントがいつどのような形で起こっても、すみやかに国を出られるようマリーウェザーが用意してくれたものだ。母にはもう感謝しかない。

髪はハーフアップにしてから、私の瞳の色と同じ青い花の髪飾りをつけてもらった。

この髪飾りは、去年の誕生日に婚約者のサリオンから贈られたものだ。

結局、つける機会がなくて国を出てきてしまったが。

一度くらいは、つけた所をサリオンに見せれば良かったと後悔している。

「とてもお似合いですよ、お嬢様」

「そう？　ありがとう、ミリア」

「お嬢様の瞳と同じ色の髪飾りなんて素敵です。よく見つけられましたよね。お嬢様の瞳の色は、青でもほんとに珍しい色ですから。もしかしたら特注かも」

「えっ？　そうかしら？」

特注なら、かなり高価なものかもしれない。

私は、久しぶりにドレスを着て、髪をセットした自分の姿を鏡で見て笑みを浮かべた。

帝国に来てから、公爵邸から出ることもなかったので、ほぼ普段着にしているワンピースを着、髪は後ろで一つに束ねるだけにしていた。

いつもは化粧も薄く、ほぼ素顔だったのだが、今日はミリアが気合を入れてメイクしてくれた。

「ありがとう、ミリア。まるでお姫様みたいだわ」

「何を仰（おっしゃ）います。お嬢様は本物の姫様ですわ」

あら、と私はミリアの言葉にクスクスと笑った。

「違うわ、ミリア。本物のお姫様は、今日の主役であるシャロンよ」

なぜなら、彼女は僅かだが皇帝の血を引く、公爵家のご令嬢であるのだから。

私はというと、貴族ではあるが、王家の血を引くお姫様ではない。

私は、シャロンの可愛らしい姿を思い浮かべた。

そういえば、と私は、シャロンに似た可愛らしい人形を持っていたことを、ふと思い出した。

それは前世のセレスティーネではなく、その前の芹那（せりな）だった時の記憶だ。

中学の修学旅行で見つけた陶器の人形。あまりに可愛くて一目惚（ひとめぼ）れし買って帰り、ずっと大事に持っていた。その人形にどことなく、シャロンが似ていると思った。

「じゃあ、行ってくるわね、ミリア」

「行ってらっしゃいませ」

私はミリアに見送られて部屋を出ると、パーティーの会場になっている邸のホールに向かって歩いた。長い廊下を歩いていると、前方にアロイス兄様の執事であるアーネストの背中が見えた。いつも黒の執事服をきっちりと着込んだアーネストは、とうに五十歳を過ぎているだろうが、背筋が綺麗に伸びていて、とても若々しく見える。

私に気付いたアーネストが、足を止めて振り返った。

「アリステア様でしたか。驚きました。今日は特にお美しいですな」

まあ、と私は微笑（ほほえ）んだ。

「ありがとう、アーネストさん」

「アリステア様のドレス姿は初めてですね。そのドレスは？」

「母が用意してくれたドレスです。これまで着る機会がなくて。今日、初めて袖を通しました」

「そうですか。とてもよくお似合いですよ」

アーネストさんはもともと目が細いのだが、笑うとさらに細くなって目尻が下がりとても優しそうな顔になる。

そこまでの年齢ではないのだが、つい好々爺（こうこうや）という言葉を思い浮かべてしまう。

そういえば、ドレスを着るのはエイリック殿下がマリアーナ様を断罪された、学園のパーティーの時以来かしら。

「シャロン様はもうホールでしょうか？」

「はい。ライアス殿下と御一緒だったのですが、ご主人様に呼ばれて殿下だけ書斎へ向かわれました」

「えっ！　じゃあ、シャロンは今一人でいるんですか！」

「ご心配なく。フォーゲル侯爵夫人とお連れの方が到着され、ホールへご案内しましたので」

余計に駄目だ。本当なら、シャロンと共にお客様を迎えねばならなかったのに。

私は頭を抱えながらホールに向かう足を速めた。

ああ、しかし——どうしてこの公爵邸はこんなにも広いの！

私は長く続いている邸の廊下にうんざりした。ここは既に城と呼べるレベルだ。

前世でのバルドー公爵邸もエヴァンス伯爵邸も大きかったが、城と呼べるほどではなかったのだが。

ああ、もう！　日本にいた時はワンルームマンションだったわよ！

でも、クローゼット付きの八畳の洋室は私にはお城のようだった。

実家の私の部屋は六畳の和室だったが、そこにタンスや本棚、ベッドに机があったから、部屋はかなり狭かった。それでも、私にはお城だったのだ。

こういう現状を知ると、日本の家がウサギ小屋と言われていたのもわかる。

ようやくホールに辿（たど）り着いて中を窺うと、シャロンが二人の貴婦人と話をしていた。

こちらからは後ろ姿しか見えなかったが、一人は深緑色のドレスを着て茶色の髪をアップにしたふくよかな女性で、彼女が侯爵夫人だろう。

そして、その隣に立っている女性は、ローズレッドのドレスに、背の半ばまでの長さだが、波打つほどボリュームのある黒髪に、ドレスと同じ色の薔薇の髪飾りをつけていた。

背が高くスタイルもいいので、私の中の芹那につられて、まるでスーパーモデルみたいだと呟きそうになった。

今ここでそう呟いても、何のことか誰もわからないだろうが。

「アリステア姉様！」

私に気づいたシャロンが笑顔を向けて呼びかけてきた。

シャロンの声に反応した、二人の女性が振り返る。

若い女性の顔が目に入った途端、私は思わず声を上げそうになった。

何故なら、彼女はとある女性にそっくりだったから。

うわぁ……スカーレット・オハ○だわ！

たっぷりとした黒髪に、くっきりとした眉と気の強そうな大きな瞳。

通った鼻筋に、形のいい赤い唇は、まさに芹那がスクリーンで見た某女優に瓜二つだった。

侯爵夫人と黒髪の女性に挨拶をした後、戻ってきたライアス殿下にテーブルの方へ促された私は、いつの間にかシャロンがルシアナ様と呼んだ女性がいなくなっていることに気がついた。

どうしたんだろう？　と首を傾げた時にシャロンのバースディケーキが運ばれてきて、私は彼女のことを聞くタイミングを失った。

と、シャロンもルシアナ様がいないことに気がついて目で捜していると、ライアス殿下が見ていたらしく、彼女はアロイス兄様と一緒に部屋を出て行ったと教えてくれた。

アロイス兄様が来ていたことにも気づいていなかった私は、いったいどうしたんだろうとシャロンと二人顔を見合わせた。

それから暫くして、楽団の演奏で楽しそうにシャロンがライアス殿下と踊っているのを見ていた私を、アーネストが呼びにきた。

「公爵様が私を？　はい、行きます」

私は侯爵夫人に軽く会釈をして廊下に出ると、アーネストの後について行った。

アーネストがノックし開けたドアの先は、アロイス兄様の書斎だった。

何度か入って兄と二人、思い出話やこれからのことを話し合ったりした部屋だ。

どうぞ、とアーネストに促され入ってすぐに目に入ったのは、黒髪にローズレッドのドレスのルシアナ嬢だった。

先程のにこやかな笑顔はなく、緊張しているのか硬い表情で椅子に座っていた。

テーブルを挟んだ向かいにはアロイス兄様が座っていた。

兄は入ってきた私に、自分の隣の椅子に座るように言ったのでその通り私は腰を下ろした。

正面に座る彼女は俯いているので、つい私はじっくり見つめた。

本当に、あの女優にそっくりだ。古い記憶なのに、なんだか感激してしまう。

ルシアナ嬢のことはシャロンから話を聞いていた。

侯爵夫人のお茶会で出会い、親しく話をしてくれたのだという。

シャロンの言い方とは少し違うが、とにかくゴージャスだったと楽しげに話してくれたのだ。確かに華やかでパッと目に入る印象だ。

「アリステア。彼はルシャナだ」

「はい？」

彼？　誰が？

「改めて自己紹介させて頂きます、アリステア嬢。私はルシャナ・カイ・リーヴェンです」

「…………」

顔を上げ、まっすぐに私を見つめ口を開いたスカーレット・オハ◯は、最初に聞いた女性の声とは全く別人の、明らかに男性の声で己の名を名乗った。

唖然とした顔になっているだろう私を見る、ルシャナと名乗った女装の男は、困ったような苦笑いを浮かべた。

「アリステア。事情が変わって、お前をこの邸に留まらせることができなくなった。すまないが、しばらくキリアの所にいてくれ」

「キリーの所ですか？　もしかして、私の身元が皇女殿下に知られたから？」

それしか理由が思い当たらないが、しかし、それほど問題なのだろうか。

「それもある」

「他にも理由が？」

「まだ調査中なので詳しくは言えないが――とにかくこの男がお前の護衛につく。ある程度のことは、この男に話してあるから、聞きたいことがあれば聞けばいい」

閣下、とルシャナと名乗った男はくしゃりと顔を歪めた。

いまだに男とは思えない。確かに声は男だが。

「もう勘弁して下さいよ。裏切れば命はないと思え、ルシャナ・カイ・リーヴェン」

「当然だ。裏切れば命はないと思え、ルシャナ・カイ・リーヴェン」

私は兄の言い方に目を瞬かせた。

いったい兄は、いつの間にこんな、人を脅す言葉を使えるようになったのだろう。

私の知る兄は、いつも優しくて穏やかな、少し天然な所のある人だったのに。

「承知しました、閣下」

ルシャナは首をすくめて答え、そして私に向け、ニコリと微笑んだ。

乗っていた馬車が村に入ってから、なんだか私は懐かしい気分になった。

この村にいたのはほんの数日だったが、とても楽しい時間を過ごさせてもらったからだろうか。

祭りも本当に楽しかった。

馬車の窓から見える村の様子は、やはり欧州の町並みにそっくりだ。

石造りの壁に赤や緑の屋根。石畳にレトロな街灯。

ああ、やっぱり好きだなあ、この感じ。そう思うのは、きっと私の中に芹那の記憶が残っているからだ。写真や映像を見て、いつか行ってみたいと芹那が憧れていた場所に、ここはとてもよく似ているのだ。

前世のセレスティーネより前に生きていた、かつての私。

日本という国に生きていた芹那という女性の記憶は、だんだんと薄れてきているが、ちょっとしたきっかけで思い出すことが最近よくある。

小さい頃、両親に遊園地や動物園に連れて行ってもらったことや、家族旅行したこと。友達と遊んだこと、そして――

ああ、皆、どうしているかな。辛い思いをさせたかな。そういえば――芹那を刺した通り魔は捕まっただろうか。思い出せないけど、何か……犯人は、何か言っていたような気がする。


乗っていた馬車が村の中央にある広場に止まると、扉側に座っていた茶髪の青年が素早く降りて、開いたままの扉から私の方に向けて手を伸ばしてきた。

乗ってきた馬車は庶民が利用するもので、貴族の馬車のような踏み台はなく、乗客は少し高さのある出口から降りることになる。

普通は女性でも一人で降りることはできるが、男性が一緒だった場合は手を貸すこともあるらしい。

ちょっと迷ったが、私が手を伸ばすと彼はまるで子供を抱き上げるようにして軽々と石畳の上に降ろしてくれた。足に感じる衝撃もない。

細身に見えるが、さすがに力があるなと、私は感心した。

「なんか、変な感心の仕方してないか？」

ミルクティー色の明るい茶髪の彼が聞いてきた。意外と勘がいいな。以前来た時と同じように私はフードを深く被（かぶ）っていて、表情なんか見えない筈なのに。

私が誤魔化すように笑うと、彼の眉間がキュッと寄った。

仕方ないではないか。最初に見た彼は、美人女優と見まごうほど完璧な美女だったのだから。

首の詰まったドレスではあったが、腕も腰も女性のように細く見えた。

あれは、ちょっとした目の錯覚を利用しているのだと彼は言ったが、私には納得し難い。

私を降ろした後、今度はミリアに彼は手を伸ばした。

貴族の令息だというが、彼は身分に関係なく女性には優しいとお兄様が言っていた。

メイドのミリアにも優しい彼を見る限り、確かにそのようだ。

ミリアにしてみれば、貴族の男性に馬車から降ろしてもらうなど初めての経験だったろう。

乗る時に手を貸してもらっただけでも困惑していたミリアだから、今はもう顔が真っ赤だ。

「キリー！」

迎えに出てきていたキリアの姿を見つけた私は駆け出して、彼女に抱きついた。

久しぶりのキリアだ。

アロイス兄様と再会してしばらくは側（そば）にいてくれたが、仕事があるからと出て行ってから、実はそれから一度もキリアとは会っていなかった。

「お元気そうで何よりです、お嬢様」

　抱きしめてくれるキリアは、前世のセレスティーネの時と変わらずに私を大切に思っていてくれる。会えて良かった。もしあの時、キリアが作った菓子に気づかなかったら。そして、私のことをキリアが信じてくれなかったら、こうして会うことはなかった。

「キリアさん！」

　駆け寄ってくるミリアにもキリアは笑顔を向け、そして彼女の後ろから歩いてくる茶髪の青年の方に視線を向けた。

「貴方（あなた）がお嬢様の護衛の方ですか？」

「ああ、そうだ。公爵閣下のご命令でね。あんたがキリア？　俺はルシャナ・カイ・リーヴェンだ。よろしくな」

　キリアは一瞬目を見開いたが、すぐに柔らかな笑みを浮かべた。

　キリアが驚くのはわかる。ルシャナという人は、貴族の筈なのに、かなり口調が乱暴なのだ。仕事柄、この口調に慣れてしまってね、と言うのだが彼の仕事っていったい。

「よろしく、リーヴェン様」

「ここにいる間は、俺のことはルシャナと呼び捨てでいい。その方がやりやすいんでね」

「わかりました。ではルシャナ。しっかりとお嬢様をお守りして下さいね」

「当然、そのつもりだぜ」

　キリアはルシャナに向けて軽く頭を下げ、では行きましょうか、と私達を促すように手を差し伸べた。

キリアが私達を連れてきたのは、こぢんまりとした赤い屋根の家だった。

入ってみると、わりと広めのリビングがあり、奥にはキッチン。お風呂とトイレがある。

屋根裏部屋があり、狭いが二部屋あるという。

「ここってキリーの家？」

「はい。公爵様に用意して頂いた家です。今は自分の店の二階で生活しているので長く使っていなかったのですけど。狭くて申し訳ないのですが、お嬢様にはここで生活して頂くことになります」

屋根裏部屋には私とミリアが、護衛であるルシャナは、リビングの奥、キッチンと同じ並びにある部屋を使うことになった。

本当に申し訳なさそうな表情のキリアに、私はどうして？　というように首を傾げた。

「十分よ、キリー！　私、ずっとこういう家に住んでみたかったの！」

「え？」

「私が、憧れだったと言ったら、可笑(おか)しいかしら。この村の感じも昔憧れていた所にとてもよく似ているの」

「昔って、いつの話だい？　アリステア嬢は、伯爵家のご令嬢だろ？　転生前か？　いや、前はシュヴァルツ公爵閣下の妹君だったたってぇから、公爵令嬢だし」

ルシャナはアロイス兄様から、私のことをある程度聞いているらしかった。

ガルネーダ帝国では記憶持ちの転生者は珍しくないというのは本当らしく、ルシャナも私が転生者だということになんの疑いも持っていない。

不思議な国だと思う。ゲームをやっていた時はガルネーダ帝国という名前だけで、国の説明すら書かれていなかったのだが。

もしかして、あの後、帝国を舞台にしたゲームが作られたのだろうか。

私は、シャリエフ王国を舞台にした話の、続編が作られるという所までしか知らない。

前世の記憶が戻った当初は、日本で遊んでいたゲームの世界に自分が転生したと思っていたが、帝国に来てからは、この世界がゲームの世界に似て非なる世界なのではないかと、思い始めた。

いや、以前からそう思っていたのだが、あまりにゲームと似ているのでわからなくなる時があったのだ。

「ここではアリスと呼んで欲しいわ、ルシャナ。——私には二度転生した記憶があるの。私の言う昔は、私の最初の記憶。その時の私は、貴族じゃなかったわ」

へえ~とルシャナは、面白そうに目を瞬かせた。

「平民だったのか」

そうね、と私は頷いた。芹那がいた日本には王族も貴族もいなかったと言ったら、どう思うだろう。芹那が生きていた世界は、ここから見れば異世界になる。

いくら転生が信じられていても、異世界というのはやっぱり異質に思うだろうか。

キリアはキッチンでお茶の用意をし、リビングの椅子に座った私達の前に紅茶のカップを置いていった。そしてミリアが、公爵家の料理人が持たせてくれた焼き菓子を白い深皿に入れてテーブルの上に置いた。

椅子に落ち着いた私は、フードを取ると、ホッと小さく息を吐き出した。

紅茶の香りと、甘い焼き菓子の匂いにやっと緊張が解けたような気がした。

公爵邸を出てから村に着くまで、自分では気づいていなかったが気が張っていたみたいだ。

フードの下に収まっていた金髪がパサリと背に広がると、ルシャナが軽く口笛を吹いた。

ほんとに、この人は貴族らしくないな。

「当分お嬢様はこの村で暮らして頂くことになりますが、何かご要望がありましたら、いつでも仰って下さい」

言っていいの？　と私が問うと、キリアは、はいと頷いた。

「じゃあ、私、キリーの店で働きたいわ」

えっ！　とキリアだけでなく、他の二人もびっくりした顔で私を見た。

「お嬢様が働くなど、とんでもありません！」

「でも何もしないでいるなんてきっと退屈だわ。大丈夫よ、キリー。貴族令嬢に生まれる前は、私、バイトをしていたから」

「ば……ばいと？　なんですか？」

「ちゃんと働いていたってこと」

「しかし、それは今のお嬢様ではないでしょう」

「記憶はあるわ。キリーのお店と同じような所で働いていたこともあるの」

そういえば……と私は思い出す。

芹那が通り魔に刺されたのは、その居酒屋のバイトからの帰りだった筈だ。

ふっと目を伏せた私を見て、キリアが戸惑ったような顔になるのを目にした私が口を開こうとした時、ルシャナが、いいんじゃないかと賛成してくれた。

「ルシャナ？」

「駄目です！　店に来るのは殆(ほとん)どが冒険者か傭兵(ようへい)なのに――お嬢様を店になど出して万一のことがあったら」

「ああ、まあ……目立つよな、その金髪とこの美少女振りじゃ。見た瞬間大騒ぎ間違いなしだ。だったら、わからないようにすればいいんじゃねえか」

「わからないようにって……そんなこと」

「俺ならできるぜ。試しにやってみるか、アリス？」

ルシャナは私の方を見て、ニッと笑った。

生きるということに疲れかけていた……
最近では、もう死んでもいいやと思いながら仕事をこなしていた。
傭兵をやり始めた頃は、あんなに生きたいと願い必死に戦ってきたというのに。

もう、どうでもいいと思ってしまったのだ。帰るところはないし、会いたい人もいない。

孤独が辛いとは思わないが、生きていくために食べたり、寝たりするのがとにかく面倒でたまらなかった。——もう、何もしたくない。生きたくない。

村の灯り(あか)を目に映しながら、ここでのたれ死んでもいいかと思った。

何もかもが面倒で。辛い、悔しいという感情も絶望もいっさい沸き上がってこなかった。

そんな時、目の前に現れたのは黄金の髪をした美しい一人の精霊——

最後に見たのが美しい精霊だったことに神に感謝していいと思った。

雲に隠れていた月が現れ、金色の美しい精霊を照らし出した瞬間、彼女の透き通った青い瞳を見た。ああ、あれは……

もう動く気もなく目を閉じようとしていたのに、思わず大きく己の赤い瞳を見開いた。

ああ、あれは……あれは同じものか？

「アリスちゃ～ん！　ビール、おかわり！」

「は～い！」

帝都のアロイス兄様の邸を出て、シャリエフ王国との国境に近い村に来てから三ヶ月余りが過ぎた。時間が過ぎていくのって本当に速い。

私がキリアの店で働きたいと言い出し、それで少し揉(も)めはしたが、ルシャナの提案でなんとか認められた。

ルシャナの提案というのは変装だ。アリステアだと誰にも気づかれないような変装。

仕事道具だからと常に変装の道具を持っているというルシャナが施してくれた変装は、まさに完璧。私自身も、鏡を見て誰？　とガン見したくらいだ。

当然、キリアとミリアの二人も驚いていた。

金髪を隠すために被ったカツラは、赤い縮れたショートヘアだ。

赤毛の自分を見るのは何年振りだろうか。懐かしい。

鼻の頭から頬にかけて散ったそばかすに黒いフレームの眼鏡(めがね)。

それだけで私だと分からない出来栄えだった。

着るものも、サイズが大きめのダボッとしたワンピースにすると、痩せた貧相な女の子の印象になる。

驚いた。顔立ちや体形を変えたわけでもないのに、全く別人のようになるとは。

いったい、ルシャナって何者なのだろう。ただの貴族の令息に変装技術なんて必要だとは思えない。ということは、本人が言うように仕事のためなのだろう。

何の仕事をしているか聞いてみたが、今は私の護衛が仕事だとしか答えてくれなかった。

二日間、仕事の内容や店で働くための注意事項、ルシャナとミリアをお客に見立てての研修をこなしてから私は店に立った。

前世で公爵令嬢だったセレスティーネが、お客を相手に料理を運んだりお酒を持って行ったりは、たとえ働く気になったとしても無理だったろう。

こうして、仕事をこなせているのは、芹那の記憶があるからだと思う。

芹那は、高校の頃は近所のスーパーでバイトをし、大学に入ってからは居酒屋で働いていたのだ。学費と部屋代を出してもらっているから、光熱費や小遣いくらいは自分で出すと芹那は親を説得した。でなければ、親がどんどん仕送りしてくるに決まっているからだ。

本当に芹那の親は娘に甘かった。一人娘だったからかもしれないが、一番の理由は芹那の身の上だったかもしれない。芹那は七歳の時、災害で、多分実の親を失った。

多分、と言うのは、芹那は名前しか覚えていなかったから。

その名前も、そう聞こえたというだけで本名かどうかもわからない。

芹那には、助けられる前までの記憶が全くなかったから。

前々世の私は、とても幸せだったけれど、そんな身の上だった。

幸せになって欲しい。芹那を養女にした夫婦はそう願いとても大切に育ててくれた。

その芹那が……私が殺されてしまい、本当に申し訳なさでいっぱいだ。

前世のセレスティーネも、殺されてしまって——ああ、だから今度こそ。

「おいおい、大丈夫か？　俺が持ってくぜ」

大丈夫、と私は高い位置にあるルシャナの顔を見て頷いた。

護衛であるルシャナは、当然私の側にいる。つまり、ルシャナも店で働いていた。

勿論男性の姿で。ミリアはキリアを手伝って厨房（ちゅうぼう）にいた。そこはもう戦場だ。

この時間帯の客は、仕事を終えた傭兵達が多い。

大半は男だが、女もいる。女の傭兵も男に負けないくらいビールを飲むので、ジョッキを片手に三つは持たないと捌（さば）けなかった。

ルシャナにしてみれば、私が貴族令嬢だと知っているだけに、ジョッキを両手にいくつも持って店内を早足で歩き回る私が気になるらしい。

日本で生きていた時も忙しい時はこんなものだったから私自身は驚いたりはしないが、やはり芹那ではないから筋肉痛は覚悟しないといけないだろう。

私は両手にトレイを持ち、料理やビールをお客の下へ運んでいった。

ようやく客が減ってきた頃、私はキリアに休憩するよう言われ、店の裏口から外に出た。

灯りのついた店の中にいるとわからないが、既に外は真っ暗だ。

外で大きく深呼吸をしようと身体（からだ）を反らした時、ふと目の端に何か黒い塊が見え、私は目を瞬かせた。

なんだろう？　とよく見れば、それは膝を抱えるようにして地面に座り込んでいる人の姿だった。

髪も上半身を覆っている布も黒っぽいので、暗がりの中ではよく見なければ黒い塊にしか見えない。

本当なら誰かを呼んだ方がいいのだろう。

だが、もしかして具合が悪いのかもしれないと気になった私は、店の壁の前に蹲（うずくま）る人物に声をかけた。

近づいて見れば、足の間から剣がのぞいている。剣を足に挟んで抱え込んでいるのか。

革の胸当てを着けているから傭兵に間違いない。

まあ、この村は傭兵だらけと言っていいから珍しくはないのだが。

宿が一杯で泊まれず、野宿している傭兵達もいるし。

それでも声をかけようとしたのは、まだ子供のように見えたからだった。

「どうしました？　気分でも悪いんですか？」

私の声に、膝の上に伏せられていた頭が上がる。

多分、私が近づいたことに気づいていたのだろう。驚いた様子はなかった。

ルシャナにも注意されていたが、店の客以外の傭兵には無闇に近づいてはいけない。

何故なら、彼らは人の気配に敏感だからという。

たとえ攻撃の意思がないまま近づいても危険なことがあるのだ、と。

上げられた顔は薄汚れていたが、綺麗な顔立ちだった。こちらに向けられた瞳の色は見たことがないほど綺麗な赤色だった。

若い傭兵は私をじっと見つめてから、コテンと首を傾けた。

その仕草が意外と子供っぽく、そのせいか警戒心が少しも湧かなかった。

「精霊と瞳が同じだ」

いきなり精霊という言葉が出てきたので私は、え？　という顔になった。

「精霊って？　何が同じなの？」

「瞳の色が――一緒だ。綺麗な青色だ」

「まあ。あなたの瞳も綺麗な色よ。まるで宝石みたいな赤だわ」

覗(のぞ)き込んだ若い傭兵は、キョトンとしたように瞳を見開いた。

本当にルビーみたいに綺麗だ。そういえば、ルビーの最高峰はピジョンブラッドっていったかしら。見たことがないけど、きっとこんな色かもしれない。

「こんな所に座ってどうしたの？」

「あ、ああ……いい匂いがしたんでつい……」

「ここは厨房の裏だから料理の匂いが漏れてくるのね。今日はお客がいっぱいで、今やっと空いた所なの。ちょっと摘(つま)もうと思って持ってきたんだけど」

どう？　と私は包みを解いてパンを差し出した。余っていたローストビーフと野菜を挟んだものだ。仕事が一段落したら食べてとミリアが用意してくれたものだが、なかなかお客が引かなくて食べられなかったのだ。

持ってきていて良かったと思ったのは、座り込んでいる若い傭兵のお腹(なか)が鳴っているのに気づいたから。

「すまない……報酬をまだもらってないから手持ちの金がないんだ」

「お金はいらないわ。だって、これは店の残り物だから」

「………………」

オーバーラップ文庫&ノベルス NEWS
――今日が
主役(おれ)の、
始まりの
日だ
文庫
注目作
黒鳶の聖者1
～追放された回復術士は、有り余る魔力で闇魔法を極める～
著：まさみティー　イラスト：イコモチ
太宰治――
勇者、
薬物耐性LV99、
川端康成特攻LV99
ノベルス
注目作
太宰治、異世界転生して勇者になる
～チートの多い生涯を送って来ました～
著：高橋 弘　イラスト：VM500
2011 B/N

「二つあるから」

はい、と私は肉を挟んだパンを一つ取って、赤い目の傭兵の手に押し付けるようにして渡した。

一瞬困った顔になったが、すぐにありがとうと私に向けて礼を言い、パンを口に入れた。それを見てから私も遅い夕食を取り始める。

「私はアスラ。君は？」

「アリスです。この店で働いてるの」

「アリス――今度は店に行くよ」

アスラと名乗った若い傭兵は、スッと立ち上がり背を向けると、歩き去っていった。

呼び止めようと思ったが、裏口の扉から顔を覗かせたルシャナが見え、私は諦めて口を閉じた。

お金がないと言っていたから、今夜はどこかで野宿をするのだろう。まあ、ここでは珍しいことではないのだが。

ルシャナは外に出てくると、私が立っている方へ歩いてきた。

「何度も言うけどね。知らない傭兵に近づいちゃいけません」

めっ！　とルシャナが私を叱る。確かに何度も注意されていたことだから反論はできない。

私は素直に彼に向けて頭を下げた。店内で客と会話するのはいいが、外では、たとえ顔見知りであったとしても、気安く声をかけるのは御法度なのだ。

彼らは武器を携帯している。安易に背後に近づいたため怪我をさせられた者も多いらしい。

それにしても……とルシャナは先程の若い傭兵が消えた方向に顔を向けた。

「初めて見たな。あれがアスラ……ね。思ってたより若いな」

「知ってるの、ルシャナ？」

「噂だけだがな。北の国境近くでよく名前が出ていたんだ。あの辺は揉め事が多くて、結構な数の傭兵が死んだと聞いている。そんな中、しぶとく生き残っているのが、あのアスラという女だ」

「女？」

　私がびっくりした顔を向けると、ルシャナはくくくと笑った。

「まあ、あれじゃあ男にしか見えないか。俺も噂を知ってなければ、男だと思ったな。アスラは、北にいた傭兵達の間でこう呼ばれている」

　戦女神――と。

「な……っ、何をするんですか！」

　注文を聞いて戻ろうとした時、さらっと尻を撫でられた私は、カッとなって客の手を払い除けた。

　びっくりしたのと恥ずかしいのとで思いっきり手を払ったので、パシンと思いの外大きな音が響く。払われた客の男は顔をしかめ、私を睨みつけてきた。

「何しやがる！　このドブスが！」

　ブスのくせに何を気取ってるとか、男は聞くに耐えない雑言を私に浴びせかけた。

私は、男の大きな身体から発せられる声の大きさに身を竦め、固まってしまった。

その客は初めて見る客だった。この村には仕事の斡旋所があるので、傭兵が各地から集まってくるのだが。

この店に来る客は殆どが常連で、たまにその常連が新顔を連れてくることもあるが、皆礼儀を弁えていて問題行動を起こす者はこれまでなかった。

だが、この客を含めた三人は私が初めて見る顔で、入ってきた時から何故か人を見下すような態度だった。

まだ混む時間帯ではなかったので、ルシャナは買い物に出ている。

ルシャナがいれば間に入ってくれたのだろうが。

とにかく、謝るしかないかと私は思った。

先に手を出したのは相手なので不本意極まりないが、しかし客は客だ。怒る相手を挑発してもろくなことにならないのはわかっている。

そういえば、芹那が居酒屋でバイトをしていた時も、こういうトラブルがあったなぁと思い出す。

そういう時は、ひたすら謝って問題を大きくするなと店長に言われていた。

男の暴言は続く。

「おい！　聞いてんのか、ドブス！　どうせ生娘なんだろうが？　てめえみたいなブスは、男に媚びなきゃ生きてけないんだからな！」

男の手が私の腕を摑もうとするのを見て、さすがに我慢できなくなった他の客達が立ち上がりかけたが、何故か途中でピタリと動きが止まった。

彼らの目は、私を摑もうと伸ばされた男の手首を摑む白い手に釘付けとなっていた。

「なんだ、てめぇは」

唐突に私と男の間に割って入ってきた濃い藍色の髪を見て、私は驚きに目を見開いた。

アスラ？

私より頭半分くらい高いだけの、傭兵にしては細い印象のアスラだが、男の手首を摑む手がそう簡単に振り払えない握力を持つことを私は知っている。

初めて彼女と出会ってからふた月が過ぎていて、その間に何度もアスラの傭兵としての力を見聞きしていたからだ。

今この店にいる殆どの客はアスラの実力を知っている。だからこそ、立ち上がりかけた彼らも傍観することを決めたのだ。だが、アスラを知らないらしい新顔の彼らはそれに気づいていない。

摑まれた手を引き抜こうとしても引き抜けないことに、男は顔をしかめた。

どう見ても己の半分もない体格の相手であるのに、力で敵わないなどあり得ないと男はさらに力を込めたが、摑む手はびくともしなかった。

焦った男は、自由になる反対の手でアスラを殴り飛ばそうと振り上げたが、それが届く前に身体が浮き上がり、気づけば店の外に放り出されていた。

幸い開いていたので扉が壊れることはなかったが、地面に叩きつけられた男はいったい何が起きたのかすぐにはわからなかったろう。

呆然とした立ち上がれないでいる男の方に、やはりアスラを殴ろうとした仲間の二人が同じように吹っ飛んでいった。

アスラの力は知っているものの、実際目にすると本当に驚いてしまう。

ちゃんと筋肉がついているのはわかっているが、それでも見た目は細身の少年のようにしか見えないのに。

丁度買い物から戻ったルシャナが目の前に転がってきた三人の男達を見おろし、そしてこちらを見ると何があったか察したのか男達の頭を足で蹴り飛ばした。容赦がない。

スタスタとこちらへ歩いてきたルシャナは、店の中に入ると扉を閉めた。

その頃にはもう、中にいた客達は何事もなかったかのように食事を再開していた。

「大丈夫か？　怪我は？」

「大丈夫よ、ルシャナ。お尻を触られただけだから」

私がそう答えると、ルシャナはああ？　と目を吊り上げ、殺す！　と呟き、買ってきた品を私に渡すとまた店の外へと出て行った。

すぐに男達の悲鳴が聞こえてきてドキッとしたが、私は無視することに決めた。

やはり、セクハラはどの世界でも許せることではない。

「ありがとう、アスラ」

「礼を言われるようなことはしてないが？」

私が感謝の言葉を伝えると、アスラは無表情のまま小さく首を傾げた。

私は、ふふっと笑った。

アスラは出会った頃からあまり感情を表に出したりしないが、だからこそ、たまに笑みを浮かべたり可愛い仕草を見せてくれたりするととても得した気分で嬉しくなる。

今も小首を傾げるアスラはとても可愛らしかった。

「座って、アスラ。いつものでいいかしら」

アスラはコクンと頷くと、空いている席に目をやり、椅子を引いて腰掛けた。

厨房を覗くと、さっきの騒ぎに気が付いていたキリアとミリアがホッとした表情で私を見た。

「お嬢様ぁ！　お怪我がなくてホントによかったです！」

騒ぎに気づいて彼女達が店の方を見た時には、もうアスラが助けに入っていたのだという。

「お嬢様。やはりお店に出るのはやめましょう。万一の事があったら」

「キリー……心配をかけてごめんなさい。お店に出たいというのは私の我儘ね。でも、もう少しだけやらせて欲しいの」

キリアは、ふぅっと息を吐いた。

「では、週に一、二回、常連客の多い時間帯だけでということで妥協致しましょう」

常連客なら問題を起こすことはないし、万一トラブルが起こった時には手を貸してくれる。

「ありがとう、キリー」

「無茶しないで下さいね、お嬢様」

「ええ、ミリア」

アスラがいつも注文している、焼いた肉を挟んだパンと、野菜と豆の入ったスープを運んでいくと、いつのまにか同じテーブルにルシャナが座っていて彼女と話をしていた。

何？　という顔をすると、ルシャナは立ち上がって私を自分が座っていた椅子に座らせた。

「こいつがいる間だけでも休んでいろ」

そう言ってルシャナは私の肩をポンポンと叩き、そして厨房の方へ消えて行った。

「………」

ルシャナはさっきの三人をどうしたんだろう？　さすがに殺したりはしないだろうけど、ちょっと気になる。確かめはしないが。

「アリス」

名を呼ばれ、何？　と私は前に座るアスラの方に顔を向けた。

「新しく依頼を受けたから、当分ここには来られない」

「まあ、そうなの。気をつけてね、アスラ」

「アリスも」

うん、と私が頷くと、アスラは小さく微笑んで手に持っていたパンに齧り付いた。

閑話④

辻馬車を乗り継いで最後に降り立ったのは、鬱蒼とした木々が生い茂る森の入り口だった。

そこは、一見すると先に何があるのかわからないような細い道が奥へと長く続いている。

知らない人間は、踏み込めば深い森の奥に呑まれてしまうのではないかと恐れを抱いてしまうが、実はこの先にはとある高貴なご婦人が住まう屋敷があった。

地元の人間は、そこが誰の屋敷であるかを知っているので、滅多に近づくことはないが、たまに知らないで迷い込んだ人は、進んだ道の先で高い塀と門を、そしてその奥の重々しく大きな屋敷を見ることになり呆然と立ち尽くすことになる。

大抵は、蒼褪め転がるようにして元来た道を駆け戻ることになるのだが。

背を軽く超える門の前に立っていると、毛足の長い白い大きな犬がこちらに向かって走ってきた。

とうに訪問者が誰であるか知っていたのか、門の前で立ち止まった犬は吠えもせずに、黒々としたつぶらな目で彼女を見つめてきた。

門を挟んで犬と対峙していると、白髪の混じった短い黒髪の男が現れた。

「お待ちしておりました。アスラ様」

黒い執事服を身につけた男は、アスラに対して最初から変わらずに丁寧な態度で接してくれる。

貴族の家で執事を務める者に、敬語を使われるような人間ではないのだが、そう言っても、彼が態度を変えることはなかった。

もしかしたら彼は、どこの家の出かを知っているのではないかと疑ったが、確かめる気は今の所ない。知っていたとしても、貴族でないことは間違いないのだから。

男は門を開けると、アスラを中へ招き入れた。

既に顔馴染みとなっているこの屋敷の犬が、アスラの傍らにぴったりと付いて歩く。

時々、犬は彼女の手に鼻面を押し付けてきた。

狼の血を引いているという、このノーブルな顔立ちの犬は、出会った当初は牙を剥いたが、何故か帰る頃にはアスラの身体に顔を擦り付けるようになった。

また来て~というような目で見つめられたアスラは、なんだろう？　と呆れてしまったのだが。

三度目であるこの屋敷の訪問では、もうアスラに対して番犬の役目を完全に放棄しているとしか思えない。別に彼女が犬好きで、可愛がるわけでもないというのに。

屋敷の手前で犬は立ち止まり、その先へ行こうとはしなかった。

呼ばれれば屋敷の中にも入るが、今は呼ばれていないのでその場に留まるようだ。

しつけられているとはいえ、頭のいい犬だ。

アスラは、この屋敷の女主人に仕えている執事の後をついていった。

彼は、ある部屋の前で止まると、扉をノックした。

扉を開けたのは若いメイドだった。

執事の男に促され部屋の中へと入れば、大きく開けられたガラス戸の向こうに金髪を綺麗に結い上げた貴婦人が一人、優雅な姿で立っているのが目に入った。

上品な淡い紫のワンピースにベージュ色のストールをかけた貴婦人が、女神のように美しい笑顔をアスラに向けた。

年齢はすでに五十歳を超えているというが、そう見えないほど若々しく美しいので、三十代といっても通じる女性だ。

日の光が当たって輝く髪は、見事な黄金色だった。

「こちらへいらっしゃい、アスラ。いいお天気だから、外でお茶にしましょう」

優しく微笑む伯爵夫人の瞳は、透き通るような青色だった。

「はい、オリビア様」

アスラは右手を胸に当てて頭を下げると、夫人の方へ足を向けた。

庭に面したテラスに置かれたテーブルには既にお茶とお菓子が用意されていて、アスラは夫人と向かい合う席に腰掛けた。

綺麗に手入れされた広い庭は、相変わらず見事なものだ。

前に訪れた時には咲いていなかった花が、この日は満開になっていた。

メイドが手際良くお茶の用意をし、女主人と彼女のカップに紅茶を注いでいった。

「少し背が伸びたかしら？」

「はあ……自分ではよくわかりませんが、少しは伸びたかもしれません」

そうでしょう、とオリビア様は紅茶を飲みながらアスラに向け美しく微笑んだ。

「まだまだ成長期ですものねえ。若い子の成長を見るのは、本当に楽しみなことだわ。時々は顔を見せにいらっしゃいな」

アスラは苦笑を浮かべ、夫人に答えることはしない。それが可能かどうかわからないからだ。約束できないことなら安易に答えるべきではない。そのことを、彼女は身に染みて知っていた。

「オリビア様には、成長を楽しみにされているお身内がいらっしゃるのでは」

アスラがそう言うと、オリビア様の美しい眉が僅かにひそめられた。

何か不快になることを言っただろうか？　思い返したがよくわからない。

それにしても、とアスラは目の前のオリビア様の顔を見つめた。

オリビア様には孫がいると聞いた。とてもそうは見えないが。

最近、オリビア様と同じ黄金の髪に透き通るような青い瞳を見た。

あれはまだ少女で、月明かりに黄金の髪が煌めいていて思わず見惚れた。

そして、透き通るような青い瞳が、アスラをまっすぐに見つめてきたのだ。

「そうね、娘の成長は楽しみだったわ。ずっと手元で大切に育てたから。とても可愛い子だった。孫は……孫達は赤ん坊の時に見ただけかしら。夫を失ってすぐにこの屋敷に移ったから」

「…………」

オリビア様が愛する夫と過ごしていた場所は、今はフォルツ伯爵家を継いだ、彼女の夫の叔父が住んでいると聞いた。

オリビア様の夫であるフォルツ伯爵は、流行病により四十代という若さで亡くなられ、お二人の唯一の御令嬢だったイザベラ様も早くに亡くなられたという。

　この話をしてくれたのは、彼女と引き合わせてくれた、アスラにとって恩人とも言える男だった。傭兵であり、オリビア様の護衛をしていた経験のある彼は、世渡りと戦う術を教えてくれた人だった。

「今回の依頼だけど、そのフォルツ伯爵本家、つまり亡くなった夫と娘と暮らしていた邸までの往復の護衛をお願いしたいの。いいかしら？」

　勿論です、とアスラは頷いた。

「ありがとう。貴女が護衛ならとても安心できるわ。コルビーが推薦した愛弟子ですものね」

「師匠に恥をかかせないよう、ご期待に添える仕事をさせて頂きます、オリビア様」

　アスラが頭を下げると、オリビア様はにっこりと微笑んだ。

　その微笑みに、ほお……と息を吐く。

　ああ、微笑み方は違うが、胸が温かくなるような印象は同じなのだな、とアスラは思った。

　彼女とオリビア様になんらかの関係があるかはわからないが、とても似ていると思う。

「どうかした？」

「いえ……オリビア様の笑顔に見惚れていました」

「まあ。こんな年寄りに嬉しいこと」

　オリビア様は、口元にほっそりとした指を当て、コロコロと可愛らしく笑った。

　いやいや、本気で仰っているのか？

これほど年寄りという言葉に違和感を覚える方はいないというのに。

その日、アスラは屋敷に泊まり、翌日、朝食を摂ってから馬車でオリビア様の護衛としてフォルツ伯爵邸へ向かった。

邸には二頭立ての馬車があるが、女主人であるオリビア様が滅多に外出されないので、御者として雇われた男の仕事はもっぱら馬の世話と庭いじりだそうだ。

あの見事な庭の花々の世話をしているのが、無骨な四十男だとは驚きの事実だろう。

久々の本業である御者の仕事に、ジョッシュと呼ばれる男は、久しぶりに髭を剃ったとツルツルの顎を撫でてみせた。

馬車に乗る時、オリビア様が隣に座るように言ったので、アスラはそのようにした。

本来、オリビア様の身分なら護衛が数人いて当然なのだが、何故か護衛はアスラ一人だった。

「一人で一個小隊の力を持つという貴女ですもの。十分でしょう?」

「………」

「身内の嫌なことを話すこともあるわ。たとえ、護衛でも聞かせたくはないのよ」

「私は――」

「貴女はいていいのよ。口が堅いのは師匠と同じでしょう」

「はあ……信頼を裏切ることはしませんが、何かあるのですか」

「あるかもしれないわね。本当はない方がいいのだけれど」

微笑むオリビア様は、どこか意味ありげでアスラは首を傾げた。

「着くまでの間、お喋りをしましょうか、アスラ。何かこれまでとは変わったことがあったかしら？」

はあ、とアスラは頷いた。少し考えてから、口を開く。

「最近ハマれる食べ物ができました。パンに焼いた肉と野菜が挟んであって、その上に溶けたチーズがかかっていてとても美味しいんです」

「まあ、パンに挟んでいるの？　それは興味深いわね。今度うちの料理人に作るよう言ってみようかしら」

「パンも表面はかたくて、でも中は柔らかいんです。初めての食感でした。アリスが考えた惣菜パンだと」

「そうざいパン？　アリスというのはどなた？」

「国境近くの村にある食堂で働いている女の子です。短くした癖のある赤い髪に青い瞳の可愛らしい子です」

「まあ、貴女のお気に入り？」

「そうですね。――友人です」

「友人は一人でも多く作りなさい。きっと貴女のためになるわ」

オリビア様は、そう言って微笑んだ。

早くに失ったためあまり覚えていないが、それはきっと母親のような笑顔なのかもしれないとアスラは思った。

第五章　思いがけない再会

空が青い…………


見上げた空の青さに、私は思わず手を翳した。

昨日は朝から空は厚い雲に覆われていて雨が降り続いていた。

昼になっても灯りが必要なくらい暗くて、窓から見える空は灰色でどんよりしていた。

当然、客も少なかったので、キリアは早めに店を閉めた。

その日使われずに残った食材は、私達の夕食になった。

キリアとミリアが、なんのお祝い？　というくらいたくさんの料理を作ってくれた。

私達三人は、その夜食事をしながらいろいろとお喋りし、そして笑った。

次の朝、私は窓から差し込む明るい光で目を覚ました。

窓を開けて外を見ると、昨日の天気が嘘のように晴れている。

そして、今私がいるのは村に唯一あるパン屋だ。

実は、キリアの店でたまに出している惣菜パンのパンは、この店で焼いてもらっているのだ。

パン屋には、既に顔見知りのご婦人達が買い物に来ていて、女店員とお喋りをしていた。

彼女達は、店に入ってきた私に気がつくとすぐに声をかけてきた。

「あら、アリスちゃん、今日は一人なの？」

聞かれた私は、違うと言うようにフルフルと首を横に振った。

この村で暮らすようになってから半年。知り合いも多くなった。

特に、この村の明るくお喋りなご婦人達との会話はとても楽しい。

「ルシャナと一緒。今、頼まれ物を取りに雑貨屋さんへ行ってるの」

「あらあ、そうよねえ。アリスちゃんを一人にするわけないものね」

「当然よ。こんなに可愛(かわい)いアリスちゃんに何かあったら大変だもの」

「キリアさんも、ホントにアリスちゃんのこと大事にしてるものねぇ」

きゃあきゃあと話しかけてくる明るい彼女達一人一人に、私は笑顔を返した。

「うっせえな、ババァ共は」

ふと聞こえた男の声に、私は驚いた。彼女達に気を取られていて、店内に男の客がいることに全く気がついていなかったのだ。

視線を向ければ、この村では初めて見る顔だった。男は二十歳前後くらいでまだ若く、窓際に置かれた椅子に座ってパンを齧(かじ)っていた。

短い黒髪に緑の瞳。

剣を持っているし、格好からして傭兵(ようへい)のようだが。

ババァと言われた彼女達は、ムッとした顔で見慣れない若い男を睨(にら)みつけた。

傭兵など見慣れまくっている彼女達にとって、剣を持っている相手でもただの若造にすぎない。

男は彼女達といる私を見て、フンと鼻で笑った。

「何が可愛いだ、こ～んなブス！　お前ら、目がどうかしてんじゃないか？」

まあっ！　と彼女達は顔を真っ赤にして怒った。

「あんた、なんてことを言うのよ！　そっちこそ、頭がどうかしてんじゃないの？」

「んだと、くそババァが！」

「なあぁぁんですってえぇぇ！」

「だ、駄目ですよ、ここで争ったりなんか……」

私は間に入って彼女達を止めた。

さすがに傭兵が一般女性を相手に乱暴はしないと思うが、怪我をしないとも限らない。

私のために怒ってくれたのは嬉しいが、怪我でもしたら大変だ。

若い傭兵と彼女達が睨みあっていると、奥から店の主人が出てきた。

「おいおい、いったいなんの騒ぎだ？」

パンを焼いている途中なのか、主人の手は粉で白くなっている。

男の声にハッとした傭兵だが、出てきたのがひょろりとした小柄な男だったためか、すぐに馬鹿にしたように笑った。

「ブスをブスと言って、な～にが悪いんだ？　それとも、お前らの目には、このブスが絶世の美女にでも見えるのかよ」

だったら、本当のことを言って悪かったなあ、と傭兵は鼻で笑った。

「はぁ!?　おい！　何言ってんだ！」

あまりの暴言に、店の主人も怒りの声を上げた。

「この娘をそんな風にしか見られないお前は、クソだ！　さっさと俺の店から出ていけ！」

んだとぉ！　と、傭兵が剣を摑んで椅子から立ち上がったその時、外から扉が開いて誰かが入ってきた。訪問者は、一歩中に踏み込んでから、店内の様子に気がついたというように足を止めた。

彼らの視線が、入ってきた人物に向く。

肩までの青味がかった黒髪、背を覆う濃い灰色のマントからは、革の胸当てが覗いていた。

「アスラ？」

「どうかした？　揉め事？」

アスラは私を見、そして、若い傭兵の方に顔を向けた。

彼女の赤い目を見た男はギクリと肩を震わせ、怯えたように目を見開いた。

「赤い瞳……ま……まさか、あのアスラ……か？」

「あのアスラとは、どのアスラだ？」

アスラが首を傾げると、マントから僅かに二本の剣の柄が見え、それを見た男は飛び上がるようにして立ち上がり、そのまま、転がるように店を出て行った。

「なんだい、あれ？」

彼女達は、ポカンとした顔で勢いよく閉じられた扉を見つめた。

「あんたも傭兵みたいだけど、もしかして強いのかい？」

ご婦人方にそう問われたアスラは、さあ？　と首を傾げた。その顔は、ぼんやりとしていて少し眠そうで、とても強そうには見えなかった。

しかし、見かけは細く強そうには見えないアスラだが、ルシャナに言わせると化け物じみて強いらしい。ほんとに、化け物と言われるような感じではないのだが、強いことは私も知っている。

さっきの傭兵が、泡を食って逃げ出すくらい、彼女は傭兵達の中でも飛び抜けて強いのだ。

「アスラもパンを買いにきたの？」

「いや……アリスがこの店にいるって、ルシャナから聞いたから」

「え？　ルシャナに会ったの？」

ああ、とアスラは頷く。

「ギルドを出た所で会った。あいつが……アリスが一人だって言うから来た」

アスラは、出会った頃から簡潔な話し方をする。要点だけで余計なことはいっさい話さない。別に言葉を話すことが苦手なわけではなく、たくさん話すのが面倒なだけらしいが。

その代わり、人の話を聞くのは好きなようで、よくミリアとお喋りしている時、側で黙って聞いていた。時々笑みを浮かべるアスラを見ると、ほっこりした気分になった。

「アリスちゃん、パンが焼けたよ！」

奥に戻っていた店主が、焼きたてのパンを詰めた大きな籠を、ほれ、と私の方へ突き出した。

途端に焼きたてのパンのいい香りが鼻腔をくすぐり、思わず笑顔が溢れた。

「これは私が持つ」

私が店主から籠を受け取ろうとすると、横からアスラが手を伸ばしてきた。

「ありがとう、アスラ」

私が礼を言うと、いや……と彼女は照れたような笑みを浮かべた。アスラは、普段は無表情なことが多いが、たまに見せてくれる笑顔はとても可愛らしいと思う。

窓の外を見たが、ルシャナの姿はまだ見えない。

先にいたご婦人達は、それぞれにパンを買って店を出て行ったが、これから店が混む時間帯でもあり、私とアスラは店の外に出ることにした。

「ああ、ちょっと待て」

私が店の外に足を踏み出した時、店主が後ろにいたアスラを呼び止めた。

なんだろう？　と振り返るが、前から数人の客がやってきたので私は脇に寄って場所を譲った。

客達が店内に入ると、私の目の前で扉がパタンと閉じた。

店主に呼び止められたアスラは、まだ店内だ。

店内に戻るのもなんだし、どうせ出てくるのだからと私は外で待つことにした。

ああ、ほんとに空が青い……雲一つない空——う〜ん？　なんて言ったかな？

蒼天（そうてん）……蒼穹（そうきゅう）……碧空（へきくう）かな？

でもやっぱり快晴がしっくりくるなあ、と思うのは私の中の芹那（せりな）かもしれない。

こんな青い空の下で、芹那はよく走っていた——今なら私も走れるだろうか。

えっ？

突然、背後から腰を摑まれ、軽々と持ち上げられた私は、きゃあっ！　と声を上げた。

一瞬、何が起こったのかわからなかった。両足が宙に浮いている。

な……何!?

「彼女を離せ。でなければ、お前の喉を切り裂く」

背後からアスラの声が聞こえたが、私は何が起こっているのかわからなかった。

持ち上げられたままだが、なんとか後ろを見ようと首を回した時、聞き覚えのある笑い声が間近に聞こえた。

「ほお〜、いつのまにか、いい護衛がついたんだな」

私は目を瞬かせた。

「……レオン？」

「おうよ。久しぶりだな。面白い格好をしてんじゃないか。誰の趣味だ？」

「レオン！」

私は抱き上げられたまま身体（からだ）を回し、レオン——ベイルロードの逞（たくま）しい首に抱きついた。

ベイルロードの首に剣先を向けていたアスラは、突然の私の行動にびっくりして飛び退（の）いた。

「あ、ごめんなさい、アスラ。この人、私の知り合いなの」

「大丈夫なのか、アリス？」

心配そうなアスラに、私はこくっと頷いた。

アスラは、まだ気になるような表情をしていたが、とりあえず危険はないと判断したのか剣を収めた。

「アスラ、か。こりゃまた、すげぇのと知り合ったな」

「知ってるの？」

ああ、とベイルロードは口角を上げながらアスラの方を見た。

「傭兵の間では超有名人だぜ。なあ、戦女神様」

ニヤリと笑う男の顔を、アスラは珍しく眉を寄せて見返した。

「そちらも有名人だろう、獣王殿」

獣王？　と私が首を傾げると、ベイルロードは、二つ名ってやつだと答えた。

「二つ名？　レオンはたくさん名前を持っているのね」

まあな、とベイルロードはくくくと可笑しそうに笑って、そっと私を地面に下ろしてくれた。

それにしても、ベイルロードがすぐに私がアリステアだと気付いたことには驚く。

私の変装を見るのは初めての筈なのに。

お兄様から聞いた通り、姿形で人を見分けていないのかもしれない。

外側でなく、彼は内側を視るのだ、とお兄様は言っていた。

ふと、気配を感じてそちらに顔を向けると、いつ来たのかルシャナが険しい表情で立っていた。

え？　いつの間に？

本当に近くに立っていたので、私はびっくりして目をパチクリさせた。

「驚いた。いつ来てたの、ルシャナ？」

ルシャナは眉をひそめ、ベイルロードを見てから、一度目を伏せ溜息をついた。

「ついさっきだ。待たせて悪かったな、アリス」

言ってからルシャナは、面白そうに喉を鳴らしているベイルロードの顔を嫌そうに見つめた。

ふと気づけば、パンを入れた籠を持ったアスラが、憐れむような目でルシャナを見ていた。

ルシャナは、それに対して傷ついたような顔をする。

どうしたんだろう？　と私は首を傾げたが、尋ねる前にアスラが私に麻袋を渡してきた。

「試作のパンだと渡された。感想を聞かせて欲しいそうだ」

「え、そうなの！　楽しみだわ！」

「おお、いいな。そりゃ俺も食べてみてぇ」

「ええ、レオン。これから店に来られる？」

「勿論だ。丁度お前に会いに行こうとしてた所だからな」

「え？」

「お前の兄貴から、ここに来てるって聞いて来たんだよ。お前にどうしても会いたいって奴がいるんで迎えにな」

「私に？　誰？」

「俺の古いダチなんだがな」

そう答えてから、そうそう、とベイルロードは思い出したように笑った。

「アリス。お前の婚約者が帝国に来てるぜ」

ええっ!?　と、私は思ってもみなかったベイルロードからの情報に、目を大きく見開いた。

サリオンが、帝国に!?

村の出口に集まっていた傭兵たちの一人が、たまりかねたように怒鳴り声を上げた。

「いったい、いつまで待たせるつもりなんだ!」

この日、魔の森と呼ばれる森を抜けるために護衛として雇われた傭兵は五人。だが、時間までに集まったのは四人だった。

一人遅れているから待て、と依頼主に言われた彼らは不機嫌な顔になったが、それ以上文句を言うことはなかった。

どんなに待たされても、依頼主が待つと言えばそれに逆らうことはできない。

久々に、いい金になる仕事であるから、気に入らないから降りるという者は一人もいなかった。

まあ、さすがに陽があるうちに森を抜けられないとなれば、依頼主も諦めて出発することになるだろうが。

苛立ちを見せる三人とはうらはらに、離れた場所に立っていたアスラは、騒ぐ彼らには一切関心を見せず、ぼんやりと空を眺めていた。

できるなら、今回の仕事はキャンセルして、アリスと一緒にいたかったアスラだが、指名された上、依頼主がオリビア様の知人となれば断ることもできなかった。

既にアリスは、獣王と共に村を出ている。護衛もついているし、心配はないだろうが。

遅れているもう一人がノコノコやってきたらとっちめてやろう、と三人が言っている中、カチャ、と金属が擦れるような音が響いた。

なんだ？　と音がした方に顔を向けた彼らは、えっ！　と息を呑んで固まった。

彼らの目に映ったのは、頭から足先まで黒い甲冑に覆われた、異様な姿の人物であった。

彼が歩くたびに、鎧が無機質な音をたてる。

呆然とした表情で見つめる中、黒い甲冑姿の男はまっすぐこちらへ向かって歩いてきた。

彼らの一人が、ゴクリと喉を鳴らす。

「ま、まさか……最後の一人は、黒騎士？」

今回の依頼主である三十代前半の商人の男は、ニコニコと笑っている。

「いやあ、ダメ元で頼んだら、引き受けてくれましてねえ。丁度、彼が向かう方角が一緒だとかで」

ほんとに、私は運が良い、と男はとてもいい笑顔で言った。

「…………」

アスラは、驚きの表情の三人とは違い、近づいてくる黒騎士を無表情で見つめていた。

噂には聞いていたが、全身を覆う甲冑で仕事をする傭兵など、どうせガセだと思っていたから、アスラは、意外だと言うように、へぇ～？　となった。

黒騎士を知ってるか？　とアスラに聞いたのはルシャナだった。

まさか、自分が会えるとは思わなかった。

あれは、アリスにちょっかいを出した傭兵三人を店から放り出した日だった。

アリスが食事を持ってきてくれるまでの間、アスラの前に座ったルシャナが、突然そんなことを聞いてきたのだ。黒騎士のことを耳にするようになったのは、ごく最近のことだった。

全身黒の鎧を身につけた傭兵。

「黒騎士の事は、噂だけしか知らない」

「見たことはないのか」

「ない。黒騎士がどうかしたのか？」

「いや……何かあったというわけじゃないんだが。唐突に現れたろう？　ちょっと気になってな」

「そうか？　強いみたいだが、問題行動は起こしてない」

「そういうことじゃなくてな……ま、何もなきゃいいんだ、うん」

「お前の言うことは、よくわからない」

「ハハハ。大人の悩みってやつだよ」

余計にわからなかった。


魔の森にいるのは、凶暴な肉食獣だった。

体長が三メートル近くある大きな獣。二本の長い牙を持った灰色の獣で、動きが猫のように俊敏なため、出会ったら逃げ切れる者は殆どいない。

　しかも逃げてもどこまでも追ってくる。助かるためには倒すしかなかった。

　ただ、何故か森から出ることはないので、森を抜けるまで必死に逃げるという手もある。かなり困難だが。厄介なのは、常に三～四頭で狩りをする奴らの習性だ。

　一頭でもきついというのに。

　そのため、森が近道だとわかっていても、危険を避けるために皆、時間のかかる山越えを選ぶ。

　しかし、今回依頼主が山越えをしている時間はないからと、魔の森を通り抜けることを決めた。

　そのための護衛として傭兵が雇われたのだが。

　魔の森になると、報酬は大きいが、そのかわり命の危険も非常に高い。

　襲われた場合、倒せなければ己を犠牲にしてでも依頼主を逃がさなければならないのだ。

　だが今回、戦女神と呼ばれるアスラと、黒騎士という二人の凄腕の傭兵がいる。

　自分達も腕に自信のあるベテランだが、彼ら三人の傭兵にとっては、二人の存在はラッキーとも言えることだった。

「来たぞ！　サーベルだ！　二匹！」

　森に入ってからさほど時間がたたないうちに、サーベルと呼ばれる獣が現れた。

　奴らは、耳と鼻が優れていて、気づかれずに森を抜けるのは不可能だった。

　森に入ったら、必ず奴らに遭遇すると思わなくてはならないのだ。

　だからこそ、傭兵を雇う。だが、それで安心かというと、全くそうではない。

強さと経験があっても、最後は運次第となるのだ。

二頭のサーベルが、まっすぐにこちらへ向かってくる。

大きな身体に反して、サーベルは身軽で足が速い。

あっという間に、一頭が間近に迫ってきた。

セオリー通り、傭兵達は剣を抜き、依頼主を囲むようにして守りに入る。

一頭が地面を蹴り足が離れた瞬間、黒騎士が囲みから一人飛び出し剣を抜いた。

その時、初めて黒騎士が持つ剣が見たことのない形をしていることに彼らは気が付いた。

抜かれた剣の切っ先が白い軌跡を描いたかと思うと、サーベルの頭が胴を離れ宙を飛んだ。

信じられない光景を目撃して驚く間もなく、もう一頭が咆哮を上げて迫ってくる。

それを、やはり一瞬で倒したのはアスラだった。

普通の剣よりやや短いアスラの剣は、すれ違いざまにサーベルの首を深く切り裂いていた。

「す……すげぇ……」

三人の傭兵は、鮮やかに獣を葬った二人を信じられない、という顔で見つめた。

実際、サーベルはあんな一瞬で倒せる相手ではない。

普通は一頭に対し、二人か三人でかからないと倒せない相手なのだ。

「おお～！　凄い凄い！」

そして、彼らの中で一人興奮し、大喜びで手を叩いていたのは、今回の依頼主だった。

この後も、三頭のサーベルに襲われたが、アスラと黒騎士が二頭を倒し、残りの一頭は三人の傭

兵達が倒した。

三人がかりでやっと一頭を倒した形だが、それでもベテランを自認する彼らが、何もしないで終わらずに済み面目が保てた。

とはいえ、怪我をすることなく、早めに森を抜けられたのは、アスラと黒騎士がいたおかげだろう。

これまでも森を抜けようとして命を落とした者は数多く、無事抜けても足や腕を失った傭兵も多い。だからこそ、この森は魔の森と恐れられる。

「いやあ、こんなに早く抜けられるなんてありがたいなぁ。おかげで商談には十分間に合うよ」

依頼主は、ありがとう、ありがとう、と彼らに感謝した。

「いやまあ、俺達だけだったら、まだ森を抜けられてなかったけどな」

ああ、そうだなと他の二人も頷く。

全て、アスラと黒騎士が護衛に加わってくれたおかげだ。

「いや、そうだけどね。でも、貴方方（あなた）がサーベルから俺をかばってくれたのは確かだから。それに、これから目的地までは、貴方方に守ってもらわなくちゃならないしね」

「え？」

そういえば、と三人が周りを見ると、森を抜けた時にはいた筈の黒騎士の姿が見えない。

「黒騎士はもう行ってしまったよ。森を抜けるまでの契約だったからね」

「ええっ？　そうだったのか」

まあ、確かに森を抜けるまでが一番危険だったので、黒騎士がいてくれて助かったが。

「黒騎士は、森を抜けるのは初めてで不安だからと言ってね。傭兵を他に四人雇ってると言ったら、なら安心だと来てくれたんだ」

ホントに運が良かった、と依頼人の男はカラカラと笑った。

しかし、依頼人の話を聞いた男らは唖然となった。

不安？　誰が？

一人で森を抜けるのが不安などと、いったいどの口が言うんだ！

あの腕なら、一人で森を抜けることも可能だった筈だ。

「黒騎士と話をしたなら、声を聞いたんだろう？」

アスラが聞くと、男達はハッとした。

「そうだ！　声！」

黒騎士はフルフェイスの兜を被っているので、どんな奴なのかが謎になっている。

声を聞いたなら、だいたいの年齢の判断ができる筈。

「いや、声は小さい上にくぐもってるからよくわからなかったなぁ」

そうか、と彼らはガッカリする。

「アスラはどうする？　目的地まで来てくれたらありがたいんだがなぁ。報酬も多めに出すよ」

「いや……これから行くところがある。悪いが、私もここまでだ」

そうか、残念、と依頼人の男は肩をすくめた。

「じゃあ、あの方に伝えてくれ。今回のことも含め、近いうちにお礼の品を持ってお伺いするから、と」

わかった、とアスラは答えると背を向け、彼らと別れた。

そして、向かった先でアスラは、再び黒騎士と出会うことになった。

早朝、馬車に乗って村を出てから約半日。ベイルロードとやって来たのは、まわりを山に囲まれた小さな集落だった。

村のように一か所にかたまって家があるのではなく、ポツンポツンと間隔があいて家が建っているという感じだ。

馬車は集落の外れまで進むと、大きな木のある場所で止まった。

外から馬車の扉が開けられると、ベイルロードが私の方に向けて大きな手を伸ばしてきた。

馬車を走らせていたのは彼だった。

この場所に来るまでには幾つか難所があるため、殆どの御者は嫌がるのだという。

なので、普通ここに向かう人間は馬を使うか、歩くかになるのだそうだ。

ベイルロードが馬車を借りたのは、私のためだ。

さすがに馬には乗れないし、高い山ではなくとも、歩いて山を越えるのは無理だからだ。

ベイルロードに抱えられた私は、フワリと地面に降り立った。

今の私は変装なしの姿だ。地味な深緑色のワンピースに、一応、帝国に向かった時に着ていたフード付きのマント姿だ。

私の後から、不機嫌そうに眉を寄せたルシャナが降りてくる。

「どうした？　馬車に酔ったか？」

「ちげぇよ！　なんで木に寄せて止めるんだ？　それも、俺がいる方に！」

「何を怒ってるの、ルシャナ？」

「ハハハ。こいつはなぁ、アリス。主持ちのくせに、ここでは、お前の騎士でありたいようだぜ」

「私の騎士？」

ベイルロードの言葉に私が首を傾げると、ルシャナは、うるせぇよ！　と怒鳴った。

怒るな、怒るな、とベイルロードは肩をすくめて笑った。

ルシャナには珍しい、ブンむくれの表情だった。

そういえば、馬車に乗ってからルシャナは殆ど考え込んでいる様子だったが。

「ここにいるのか、アリスの婚約者って奴？」

ルシャナの問いに、私は、えっ？　とベイルロードを見る。

確かに彼は、私の婚約者が帝国に来ていると言ったが、あくまで今回私に会いたいと言っている人物は別だという言い方だった。だから、多分ここに彼はいない。いないと思うが。

「会いたいか、アリス？」

「会えるなら会いたいけれど……でも、黙って国を出た私のこと、怒ってるかもしれないし。それに——彼は気になる人がいるって言ってたから、もう」

ああっ？　とルシャナは凄い勢いで私の方を振り返った。

「浮気か！」

「え、違うけど。婚約する前のことだって言ってたわ」

「いや、浮気だ！　そんな奴は捨てろ！　アリスには、高貴で相応しい男が……」

ゴン！　と大きな音が響くと同時に、ルシャナは頭を抱えてその場に蹲った。

「くだらねえこと言うんじゃねえよ」

「く……くだらないとは、なんだ！　あいつは……リカードはな！」

「二発目を喰らいたくなかったら、その口閉じてろ、バカが」

言ってからベイルロードは、目の前にあるレンガ造りの家に向かって声をかけた。

「おーい、ヴェルガー！」

顔の前に手をやって大声で呼ぶと、目の前の扉が勢いよく外に向かって開き、灰色の髪に浅黒い肌の男が飛び出してきた。

一直線にこちらに向かって突進してくる男に、私はギョッとなった。

ルシャナが厳しい顔になって私の前に出る。

「おお、連れて来てくれたか！　待っていたぞ！」

興奮し目を輝かせた男がベイルロードの肩を掴んだ。

背は長身のベイルロードより少し低いくらい。普通に大きい男だ。

無造作に伸ばしたと思える灰色の髪は腰近くまであり、浅黒い肌と筋肉質な体型の男は、まるで野生の狼のようだと私は思った。

ただ、目は優しい感じで、夏の青葉のような、綺麗な緑色だった。

で、この兄ちゃんか？　とヴェルガーと呼ばれた男がルシャナの方に顔を向ける。

「いいや、こっちだ」

ベイルロードが私の肩に手を回して、男の前に出した。

「おおーっ！　女の子か！　しかも、凄い別嬪さんだ！　この嬢ちゃんが、アレを？」

「そうだ。驚いたか」

「驚いた！　いやあ、そうかそうか、この嬢ちゃんが！」

何？　と私は首を傾げ、ベイルロードの顔を見た。

「前にお前に描いて貰った武器があったろう。アレをこいつに見せたんだ」

ああ、そういえば、紙に薙刀を描いて見せたら、こういうのが好きな人がいるって言ってたな。

それが、この人？　と、私は嬉しそうに笑っている浅黒い顔の男を見つめた。

「いやあ、アレはいい！　槍のようでいて、槍とは全く違う形が実に面白い！　ただ、残念なのは、どう扱うのかがわからんことだ。嬢ちゃんは扱えるんだな？」

「え？……多分」

好奇心一杯に目を輝かせた顔を寄せられて、私はちょっと引いた。

さすがにルシャナが咎めようとしたが、その前にヴェルガーは家の中へ駆け戻り、出てきた時には手に何かを持っていた。

それが予想外な物だったため、私はびっくりして目を丸く見開いた。

ヴェルガーが持っていた物。それは、私が描いた通り、そっくりそのままの〝薙刀〟だったのだ。

ヴェルガーが持ってきたソレは、私をしばらくの間唖然とさせた。

まさか、ここで薙刀を見せられるなんて、思ってもみなかった。

だいたい、薙刀については、私はそれほど詳しく描かなかったと思う。

なのに、こうも見事に再現されたものを見せられては、すぐに言葉が出る筈もなかった。

そんな私の困惑は予想済みだったのか、彼、ベイルロードは笑みを浮かべながら私の頭をポンポンと優しく叩いて紹介してくれた。

「ヴェルガーは鍛治師だ。主に剣を作ってんだが、根っからの武器好きでな。特に自分の知らない武器とかを見ると、作りたくて堪らなくなるってぇ面倒な性格をしてやがんだ」

そうなんだよ、と鍛治師だという男は、目元に皺を寄せながら、ハハハと笑った。

「アリスちゃんだったか。君が紙に描いてくれたこの武器は実に興味深かった！　槍のようで、全く違う。おそらく、槍とは違う扱い方があるんだろうが、残念ながら俺にはさっぱりわからなくてね。で、君を呼んでもらったというわけだ」

「薙刀の扱い方、ですか？」

「おい、お前！」

「そうそう！　ナギナタというんだってね！　この刃の反り！　これを出すのが大変だったよ」

そう言うと、いきなり刃に頬を寄せてスリスリしだしたので、私は思わず引いてしまった。

ヴェルガーは両手に持った薙刀を、私の方に差し出した。

「え……あの……」

困惑した顔を傍らに立つベイルロードに向けたが、彼は、わりぃな、と軽く首をすくめただけだった。

「あいにく、俺は槍は使えるが、そいつぁ槍じゃねぇ。適当にやっても、こいつは納得しねぇんだよ」

「でも……うまく扱えるかどうか」

芹那ならともかく、今の私は剣すら持ったことのない貴族の令嬢だ。だいたい、最近まで包丁も持ったことがなかった。それで、いきなり薙刀を持てるだろうか。

不安だったが、やはり目の前にある薙刀を懐かしいと思う気持ちは抑えられない。

芹那が初めて薙刀に興味を持ったのは、小学校に通っていた頃。確か三年生になったばかりの時だったか。

最初は近所の子供と一緒に剣道を習っていたのだが、道場主の奥さんが主婦に薙刀を教えているのを見てハマったのだ。

それからは、ずっと大人に交じって薙刀の稽古をしていたが、余程自分に合っていたのか、すぐに上達し、中学に入る頃には大人相手でも負けなくなった。

「多分、基本動作しかできないと思いますけど、いいですか？」

「ああ！　扱い方さえわかればいいんだ。頼む」

私は頷くと、フードを外してからマントを脱いだ。

馬車に乗るというので、締め付けず動きやすい服装にしていて良かった。

フードで隠れていた長い金髪が、流れ落ちるように背に広がると、ヴェルガーの目が驚いたようにまん丸に見開かれたのを見て、ちょっと含み笑いが漏れそうになった。

彼の大きな目が見開かれると、まるで今にも目玉が落ちそうに見えたからだ。

う〜ん……やっぱり邪魔かな、と私は自分の髪を見、マントを持ってくれたルシャナに紐か何か持っていないかを尋ねた。

ああ、とすぐにルシャナは理解して、上着の内ポケットから赤い髪紐を出した。

「どうしたいんだ？」

「え、と……上の方で一つに束ねようかと」

わかった、とルシャナは櫛を出して私の髪を一つにまとめ上げると、紐で結んでくれた。

引っ張られる感じもなく、スッキリまとめてくれて、本当に器用だなぁと私は感心する。

女装の賜物？　ルシャナが本気で女装すると、誰もが目を瞠る美女となり、男性だと気付く者はいないだろうなと思う。

軽く頭を振ると、金色の髪が、パサパサと乾いた音をたてて左右に揺れた。

久しぶりの感覚に、最近は思い出すことも少なくなっていた、芹那だった頃の記憶が甦る。もう、思い出のように懐かしいとしか感じられない記憶だが。

ヴェルガーから薙刀を受け取った私は、思ったより重くないことに少し驚いた。

刃の部分は鉄だから、かなり重い筈なのだが。

なにしろ、私は包丁すら持つことのなかった貴族の令嬢であるから、重くて持ち上げられないのが本当なのに。

（あれ？　もしかして、キリアの店を手伝っていたことで、力がついたのかしら？）

まさかと思うが。それか、使われている金属が鉄より軽いものなのか、と私は首を傾げた。

理由はともかく、なんとか動けそうなので、私は両足を開き、両手でグッと柄を握った。

目を閉じ、芹那だった頃の感覚をゆっくりと思い出してみる。

今の身体は薙刀をやっていた芹那のものではないから、身体が覚えているというのは当てはまらない。

なので、動きを思い出しながら、基本の動作をやってみるしかなかった。

上下、横、斜め、そして振りを繰り返すが、やはり体力も腕力もない今の私では二周目から身体が揺れてきて、三周目からは薙刀に振り回されそうになったので腰を落として終わらせた。

真剣に見入っていたヴェルガーを見ると、満面の笑みを浮かべ、キラキラと目を輝かせていた。

ベイルロードはニヤニヤと面白そうに笑っていて、ルシャナはというと、間が抜けたようにポカンとした表情になっていた。

そして、そんなルシャナの背後に見える大きな木のそばに、ここにいる筈のない人物が立ってい

るのを見つけ。え？　まさか——

「アスラ？」

皆の視線が向けられると、アスラはゆっくりと私の方に向かって歩いてきた。

いつもの姿、そして変わらぬ無表情で。

「仕事、終わったの？」

「ああ。たいした仕事じゃなかったから、さっさと終わらせた」

「終わらせたって、早すぎだろうが」

そんなにアリスと離れていたくないのかよ、と言いかけたルシャナが黙る。

そして、眉をひそめてジッと睨むルシャナを気にすることなく、アスラは私を見つめた。

見つめられて、ハッとあることに気づいた私は、持っていた薙刀を抱きしめる。

なんてこと！　私、今、変装してない！

慌ててしまったが、アスラと呼んでしまっているから、今更誤魔化しも効かなかった。

「…………」

「アリス。いつも可愛いけど、今日は特に綺麗だね」

「あ……ありがと……」

「うん」

「え、と……気づいてたの？」

うん、とアスラは頷いた。

いつから？　と問うと、最初からと答えられてガックリと肩を落としたのは、ルシャナだった。

「ホントかよ……そんな、すぐバレるようには作ってねぇぞ」

なんでだ？　とルシャナはブツブツとグチり出した。

確かに、ルシャナが施した変装は、自分で見ても別人のようだったのだが。

「化粧しても、顔の作りは変わらないから。あと……声かな」

ああ～とルシャナは深く息を吐き出し、声はしょーがねぇかと指でポリポリと頭をかいた。

「ん？　ちょっと待てぇ！　最初からって、お前！　アリスの素顔を知ってたってことか！　いつだ!?　いつ、見た！」

それは……と言いかけたアスラの表情が突然険しくなった。

え？　と思った瞬間、持っていた薙刀がアスラの手に移っていた。

同じように眉間を寄せたルシャナが、いつの間にか前に立っている。

なんだろう？　と二人の視線を辿ると、木々の間を抜けるようにして近づいてくる、黒い何かがあった。

カシャ、カシャ、と近づくにつれて耳に入ってくる重い、金属が擦れるような音。

（黒い鎧……？）

戦場に出る騎士のようなその姿に、私は思わず見入ってしまった。

しかし、祖国の騎士でも、あんな頭の先から足の先までのフル装備はしない。

儀礼的な場ならともかく、普通は動けたものではないからと、騎士達はあのような格好はしないと聞いた。

確かに、あの重そうな音を聞く限り、実用性があるとは思えないが。

「黒騎士……何故お前がここに？」

アスラの問いかけを聞き、やっぱり黒騎士かよ、とルシャナは顔をしかめ、チラッとベイルロードの方に視線をやった。が、意外なことに、彼は警戒するどころか、腕を組んで笑っていた。

「よお。遅かったじゃねえか。俺達より先に着く筈じゃなかったのか」

え？　知り合い？　と、私は驚いてベイルロードを見た。

黒騎士は、アスラが持つ薙刀が届くギリギリの所で足を止めた。

「途中で道に迷って――」

頭全体を覆う兜のせいで声がくぐもって聞こえ、年齢の判断ができなかったが、何故か私は、その声に聞き覚えがあるような気がした。

「……アリステア」

「えっ？」

突然名前を呼ばれ、私は、びっくりして声を上げた。

目の前の黒騎士が、両手を兜にかけ、ゆっくりと外していく。

薄茶色の髪が見え、そして淡い紫の瞳の若い顔が現れると、私は、驚きのあまり息を止めた。

嘘！　どうして、彼が……！

両手を口に当て、目を大きく見開いた私を、記憶よりやや大人びた彼が、笑みを浮かべて見つめてくる。

「久しぶり、アリステア。ようやく会えた」

「サリオン？」

「ああ」

「どうして帝国に？　何故、そんな格好をしてるの？」

それは、とサリオンは、楽しげに私達を見ているベイルロードを嫌そうな顔で睨みつけた。

「それは、この男に聞いてくれ。俺は、この男の言うままに動いていただけだから」

どういうこと？　と私はベイルロードを見る。

「ちゃんと説明するから待て。とりあえずアスラ。そいつを返せ」

「…………」

アスラは無言で、伸ばされてきたベイルロードの手に薙刀を渡す。

ルシャナはというと、困惑と呆れを含んだ複雑な表情を浮かべていた。

「おいおい……噂の黒騎士がこんな子供って、いったい、なんの冗談だ？」

予想すらしていなかった突然のサリオンとの再会で、私の中は驚きで一杯になった。

結局――第二王子のエイリック殿下に、やってもいないことで断罪されたその日の内に国を出てしまっていたから、彼とはそれっきりになっていた。

母マリーウェザーと交わしていた、誰にも行き先を知らせないという約束があったとしても、婚約者としては不誠実だったのではないかと今さらだが申し訳なかったと思う。

やはり、先に謝った方がいいだろうか、と私は迷いながらサリオンの方に視線を向けた。

すると、自分の顎が思ったより上がることに気づいてびっくりする。

かなり背が高くなってる……自分も帝国に来てから随分背が伸びたと思っていたのだが。やっぱり、男女の差なのだろうか。

「汗が……」

うっすらとサリオンの額に汗が滲(にじ)んでいることに気づいた私は、ハンカチを出して汗を拭った。

彼は、驚いたように目を大きく見開いた。

婚約したあの日も思ったけれど、彼の淡い紫の瞳は紫水晶のようで、とても綺麗だ。

「えっ……?」

サリオンの汗を拭っていると、突然後ろからぐいっと腕を引かれて、私は声を上げた。

ヌッとサリオンを睨むようにして顔を出したのは、ルシャナだった。

「悪いが、どこの誰ともわからない男に、彼女を近づけさせるわけにはいかないんでね」

ルシャナにそう言われたサリオンが、ムッとして眉根を寄せた。

「ルシャナ、彼は私の」

「ああ、わかってるって。こいつが、例のうわ……デーッッッ！」

浮気者、と言いかけたルシャナが、突然甲高い悲鳴を上げた。

見ると、アスラがルシャナの右手首をガッチリと摑んでいる。

「お前も、気安くアリスに触るな」

「アスラ！　アスラ！　いてーって！　骨！　骨が折れる！」

アスラは、悲鳴を上げるルシャナを不思議そうに見つめた。

「……そんなに力は入れてないが？」

「こんの、馬鹿力が！　放せって！」

ルシャナは顔を真っ赤にして、アスラの手を振り払う。

サリオンはというと、不思議そうにアスラの方を見る。

「お前……アスラ、だな？　何故、ここにお前がいるんだ？」

「さっき私も同じ事を聞いたが」

アスラがそう返すと、サリオンはハッとしたように目を伏せた。

「あ、そうか……すまない、そうだった。俺がここに来たのは、そこの男に呼ばれたからだが、もしかしたら彼女に会えるかもしれない、と思って」

「まあ、それっぽいことを言っといたからな。会えて嬉しいか、小僧。感謝しろよ」

ベイルロードがニヤニヤ笑いながら、大きな手でサリオンの頭を、わしゃわしゃと掻き回した。

それを嫌そうな顔で見るサリオンだが、文句は口にしなかった。

いったい、どういうことなんだろう。

いつ、サリオンはベイルロードと知り合ったのだろう？

「話は家の中でしないか。狭くて散らかってるが、茶ぐらい淹れるぞ」

ヴェルガーが、くいと指で家の方を指したので、私達は彼の後について家の中へ入った。

外から見た感じでは小さく見えた家だが、奥行きがあるせいか、それほど狭い印象はなかった。

少し詰めれば十人は座れるだろう木のテーブルがあり、奥にはキッチンと、反対側には机と大きめの本棚があった。

乱雑に詰め込まれているような感じの本棚を見て、ちょっと気になった私だが、ふと背後でゴト……と重そうな音が響いて私は振り返った。

それは、サリオンが脇から引き抜いた自分の剣を、テーブルの上に置いた音だったのだが。

えっ？　これって、まさか……！

「日本刀？」

それは、かつて日本で生きていた時の私には馴染みのあるものだった。

どうして、こんなものがここにあるの!?

だって、この世界の剣は、両刃の西洋の剣なのに！

そりゃあ、ゲームを作ったのは日本のゲーム会社だけど、でもこの世界観で日本刀なんて不自然過ぎる。

「ニホントウ？　いや、これはカタナと呼ばれるものだって聞いた」

そうそう、とヴェルガーがニコニコ笑いながら持ってきたカップにお茶を淹れていく。

紅茶のいい香りが鼻腔をくすぐった。

「これは、カタナといってね、俺が作った最高傑作なんだ」

「へえ？　カタナ、か。初めて見るな、こんな剣。ちょっと見ていいか」

好奇心を刺激されたルシャナが、刀に手を伸ばした。

「うおっ！　おっも！　滅茶苦茶重いじゃないか！」

見かけが剣に比べて細いので油断した。持ち上げると予想以上に重い。

柄を握って、ゆっくりと鞘から刃を抜き出したが、やはり刃は細くて、厚みもない。

「これって、すぐに折れるんじゃないか」

フッとベイルロードが鼻を鳴らした。

「折れねえよ。まあ、使い方によるがな。真っ当に剣を合わせれば、折れるのは俺達が使う剣の方かもしれねえぜ？」

「ああ？　さすがにそれは嘘だろ。こんなに細いんだぜ」

「いや、嘘じゃない。私は、この剣で戦う黒騎士を見た。狙いが逸れて大きな岩を叩くのを見たがなんともなかった。この剣は折れない」

そうアスラが肯定すると、さすがにルシャナも否定は難しく、目を丸くしながら刀を見つめた。

「ホントかよ……」

信じられん、とルシャナはうぅむ、と低く唸った。

貸せ、とベイルロードがルシャナの手から刀をもぎ取り、じっと確かめるように刀の刃の部分を見た。

「よしよし。刃こぼれはしてねぇな。岩をぶっ叩くなんざまだまだだが、まあ、少しは慣れたか」

ベイルロードは、刀を鞘に戻すと、それをヴェルガーに渡した。

大事そうに刀を受け取ったヴェルガーは、眉間に皺を寄せながら深々と息をついた。

「俺にとって、これは二度とないだろう最高傑作だ。なのに、どいつもこいつも！　手に取るどころか、見ようともしない！　いったい俺のコテツのどこが気に入らないんだ！」

コテツ……って、もしかして、虎徹？　まさか――と私は思う。

だって、虎徹って、芹那が生きていた日本にあったものだし。

でも、そもそも、ここに刀があること自体おかしいのだけど…………

「俺は九年！　九年待った！　そして、あと数ヶ月で十年という時になって、ようやく……ようやくだ！　この坊主がコテツに気がついてくれたんだ！」

ヴェルガーが叫ぶように言ったその言葉で、私はサリオンを見た。

サリオンは、恥ずかしさからか顔を赤くしている。

「いや……俺は、見たことのない剣があったから、つい興味が湧いて……」

「手にとって、カタナの刃を見て、値段も聞かずに速攻で決めたんだったな」

ベイルロードが、ニヤニヤ笑いながら言うと、サリオンは、それは！　と慌てて言い返す。

「それは、今まで感じたことのない感情が……この剣を使ってみたいって」

「つまり、一目でこれは自分のものだと思ったわけだ」

「え？　いや、そんなんじゃ――」

ああ、わかる、と言ったのは、いつの間にか椅子に座って一人お茶を飲んでいたアスラだった。

「私も、目にした瞬間、これは自分の剣だと思った。今もその剣は私と共にある。おそらく、私が死ぬまで一緒だ」

アスラの言葉に感じるものがあったのか、サリオンはヴェルガーが持つ自分の刀を見つめた。

私は、そんなサリオンに向けて笑みを浮かべる。

「サリオンは、あの刀をとても気に入ったのね」

「あ、ああ……」

大丈夫！　きっちり手入れしてやるから、とヴェルガーは満面の笑みを浮かべ、サリオンの肩を叩いた。

その後、私達はそれぞれ椅子に座って、ヴェルガーが淹れてくれた香りのいいお茶を飲んだ。

私の隣にはアスラが座り、向かい側に、ムッツリしたルシャナと、面白そうに笑っているベイルロード、そしてサリオンの順番で座っている。

「ほい、茶菓子だ。貰い物だが、結構いけるぞ」

ヴェルガーがテーブルの上に置いた籠には、薄い焼き菓子が山盛りに入っていた。

一口で入る大きさだが、摘んで歯に挟むとパリッと軽い音がして口に甘みが広がった。

ラスクに似てるかな、と私が思うと、カップを持って窓際に置かれた自分専用の椅子に腰かけたヴェルガーが、これはレガールの菓子だと教えてくれた。

レガール――レベッカの国だ。

そう言えば、レベッカとも会わないままに私は学園を出てきてしまったな。

私が断罪されたあの日……レベッカはレガール国に帰っていたから、あの後学園に戻っていたのならきっと驚いたろうし、心配させただろう。

「どうかしたか、アリス？」

考え込んでいる私に気付いたアスラが声をかけてきたので、私は大丈夫だというように、彼女に笑いかける。

「レガール国の友人のことを考えていたの。彼女に何も言わないで帝国に来てしまったから、心配しているんじゃないかと思って」

「レベッカ・オトゥールのことか？」

え、ええ、と私がサリオンに向けて頷くと、彼は小さく息を吐き出した。

「確かに心配して、すぐにもここへ来ようとしたが――マリーウェザー様に説得されて、なんとか向こうで待つことにしてくれたようだ」

「お母様が……そう――でも、怒ったでしょうね、レヴィ」

「あ？　いや、お前のことは怒っていなかった。彼女が怒ったのは、お前を追い出した者達に対してだけだ」

「追い出した？　アリスを？　どういうことだ」

私とサリオンの会話を聞き咎めたアスラに、サリオンはちょっと困ったような顔をした。

私も言っていいのか迷ったが、先に口を開いたのは、ずっと一人で菓子を摘んでいたベイルロードだった。

「聞いて驚け、戦女神！　アリスはな、隣国、シャリエフ王国の伯爵家のご令嬢様だ」

って言っても驚かないか、とベイルロードはハハッ、と笑って肩をすくめた。

「シャリエフ王国の？　そうなのか、アリス？」

私が頷くと、アスラはちょっと考え込むように拳を口に当てた。

「アリスは、なんで国を追い出されたんだ」

「まあ、どこの国にもバカはいるのさ。そのバカは、根拠のない噂をまるっと信じ込んで、アリスを悪女扱いした挙げ句国から追い出したってわけだ」

眉をひそめるアスラに、私は一応ベイルロードの言葉を訂正した。

「国を出て行けって言われたわけじゃないのよ、アスラ。王都に二度と立ち入るなって言われただけで。私が勝手に国を出て帝国に来たの」

「今は真相がわかり誤解は解けたから、アリステアはいつでも国に戻っていいんだ」

「…………」

私が答えないでいると、サリオンは少し心配げな表情を浮かべた。

「皆、アリステアが戻ってくる日を待っている。一緒に帰ろう」

「私は……」

「俺としては、だ。このまま、ずっとアリスには帝国にいて欲しいんだがな。けど、そうもいかねぇよな」

え？　と、どういう意味なのか、と私は目を瞬かせてベイルロードを見る。

ベイルロードは、フフと笑った。

「まあ、ここでバラしちまうわけにはいかねぇから、小僧に聞くといい。久しぶりに再会した婚約者だ。ゆっくりと二人で語り合え」

さて、とベイルロードは椅子から立ち上がった。

右手はガッチリとルシャナの腕を摑んでいる。

「ちょ……！　なんだ！」

「やっぱ菓子だけじゃ物足んねぇわ」

付き合え、とベイルロードはクイと顎をしゃくる。

「はぁぁぁ？」

「酒はいつものように隣に揃えてある。好きに飲んでくれていいぞ」

おう。いつもすまねぇな、ヴェルガー、とベイルロードは片目を瞑る。

「んじゃまあ、徹底的に飲んで話でもしようぜ」

なぁ、〝シャドウ〟よ、とベイルロードに呼ばれたルシャナの表情が、一瞬で固まるのが目に入り私は首を傾げた。

〝シャドウ〟？

ベイルロードは、途中、笑って私の頭をくしゃりと撫でた。

温かな手——やっぱりどこか懐かしい……どうしてだろう？

そうして、ベイルロードに引きずられるようにして隣の部屋へ入っていったルシャナを、私は無言で見送った。

「それじゃあ、アスラ……だったか？　あんた、あの有名な戦女神なんだろ。俺が作った剣を見てみないか。気に入ったのがあれば、使ってみて欲しい」

「黒騎士が持ってる、カタナというのもあるのか？」

「ああ……いや、コテツはないが、あれより小さめのカタナだったら何本かはあるぞ」

「見せてくれ」

アスラは立ち上がると、ヴェルガーの後についていった。

そして皆いなくなり、部屋に残ったのは私とサリオンの二人だけになった。

窓から、ヴェルガーについて作業場に向かうアスラを見ていた私は、突然名前を呼ばれてハッと顔を上げた。

「アリステア」

気付いたら、サリオンがすぐ側に立っていたので驚いた。

あれだけ金属音がしていたのに気づかないなんて。

私がまっすぐサリオンを見ると、グッと息を詰めて視線を逸らす所はホントに変わらなくて、笑みが浮かんでしまう。

「と、隣……座っていいか」

「ええ」

私が頷くと、サリオンは椅子を引いて私の方に向けると、ゆっくり腰を下ろした。

今度は重そうな音が響く。どうやら、さっきはぼんやりとして意識が飛んでいたのかもしれないな、と思った。

「その鎧、重いのでしょう?」

頭の部分は取っていたが、いまだサリオンは黒い鎧を身につけたままだ。

「重いが、慣れた。最初着た時は、ほんとに重すぎて立っていることもできなかったんだが」

サリオンはそう言うと深い溜息(ためいき)をついた。

騎士見習いだったサリオンだが、訓練では胸当てくらいしか着けた経験がないらしい。

それでも、この鎧は重すぎると感じたという。

「今は比べる手段はないが、絶対シャリエフ王国の騎士が着る鎧より重い! なのに、あの男は、軽々と片手で持って歩くんだ。帝国はあれが普通なのか?」

サリオンが言うあの男とは、ベイルロードのことだろうが、彼は別格だと私は思う。

実際、ベイルロードが戦っているところを見たことはないが、強いことは間違いない。

だって、彼は――彼は?

私は首を傾げる。

(そういえば彼は、私にとって何なのだろう? 前世のお父様の知り合いってだけ?)

「私が帝国にいることは、お母様から聞いたの？」

「そうだが……俺がガルネーダ帝国に来たのは、ライアス殿下に国へお戻り頂くためだったんだ。そのことをマリーウェザー様に報告に行った時に、初めてアリステアが帝国にいることを聞いたんだ」

「ライアス殿下に？」

私は、弟君であるエイリック殿下が犯した過ちに対し、頭を下げられたライアス殿下の顔を思い浮かべた。ライアス殿下は、アロイス兄様の義娘であるシャロンの婚約者でもある。

そういえば、帝国に来たのは留学のためだと聞いていたが、王太子が六年も国を離れているというのは、おかしいかもしれない。

「アリステア。エイリック殿下がどうなったか、聞いているか？」

いいえ、と私は首を横に振った。

王都内のことでもあるし、王族が関わっていることでもあるから、あの断罪事件がその後どういうことになったのか、他国にいる私が知る術はなかった。

ただ、お母様からは、私の冤罪が晴れたという知らせだけは貰ったのだが。

「エイリック殿下は、母君であるニコラ様と共に西の離宮へと送られたんだ。実質、王都追放だ。レオナードとモーリス、そしてエレーネも同様に王都から追放になった。レオナードとモーリスは国境の警備隊に入れられたと聞いたが、エレーネの方は今どこにいるのかわからない」

えっ？　と私は驚いて、思わず小さく声を出してしまった。

まさか、そんな——王都から追放なんて……………

「エイリック殿下が、マリアーナ侯爵令嬢を断罪したと聞いて、陛下が殿下に忠告したらしいんだ。でも、その後すぐにアリステアを断罪し勝手に王都から追い出すという愚行を犯したから、さすがに陛下でも擁護できなかった。王都追放は元老院が決めたことだ」

私は無言で目を伏せた。

元老院が決めたと聞いて思い浮かんだのは、バルドー公爵家のことだった。

もしかしなくても、元老院は過去に起こったあの事件を忘れていないのではないか、と。

確かに、過去に起こった断罪事件と酷似してはいるが——

おそらく、続編のヒロインだったろうエレーネ・マーシュ伯爵令嬢が、何を考え誰を攻略しようとしていたのかは、私にはわからない。

彼女も転生者なのでは、と考えなかったわけではないが。

どっちにしろ、私は〝暁のテラーリア〟の続編の知識がないから、話の展開は何もわからないのだし。わからないままに悪役令嬢である私は、断罪の結果を見ずに帝国に来てしまった。

「エレーネ様は、やっぱりエイリック殿下がお好きだったのかしら」

ああ、それは——と、サリオンは眉間を寄せると頭をかいた。

「多分、エレーネは誰も好きじゃなかったと思う。殿下達は、エレーネのことが好きだったみたいだが」

「サリオンも？」

「俺は違う！　俺はエレーネのことはなんとも思ってなかった！　ただ、母上に頼まれたから……」

赤くなって弁解するサリオンに、私は小さく微笑(ほほえ)んだ。

「ごめんなさい……わかってるのに。私、少し混乱してる」

サリオンは、はぁ～っと息を吐き出した。

「エレーネの目的は、エイリック殿下にアリステアを断罪させることだったんだ」

「私を？」

何故？　と、私は首を傾げた。

「エレーネが本当は何をしたかったのか、俺にはわからない。だが俺は、エレーネが人に対して悪意を持つような人間には見えなかった。しかし、エレーネのせいで、エイリック殿下も、レオナードやモーリスも王都から追放されることになったのは事実だ。そのせいで、今シャリエフ王国は問題が山積みの状況になってる」

「問題って？　どうしたの？」

「国王が……レトニス陛下が倒れられたんだ」

「え……！」

「今は、クローディア妃殿下が王の代わりをしておられるが、ずっとは無理だ」

「……それで、ライアス殿下を」

ああ、とサリオンは頷いた。

「妃殿下からの親書は、既に皇帝陛下に渡されていて、ライアス殿下と会って事情を説明する許可を頂いていた。だから、俺は……俺達は帝国にやってきたんだが、それをあの男が」

「あの男？」

「傭兵だという、あのレオンとかいう男だ！　オレンジ髪の！」

サリオンは、そう言うと、ルシャナといるだろう部屋の扉を睨みつけた。

「帝国の兵士を連れていたから、てっきり俺達を出迎えに来たのかと思ったら、いきなり攻撃されて全員が殴り倒されたんだ！　あの男に！」

まあ……と、私は驚いて口元を押さえた。

サリオンも？

「…………」

俯(うつむ)いたサリオンは、膝の上にのせた拳を固く握った。

「帝国に向かうということで、騎士団の中でも精鋭ばかり集められていた……年に二回ある大会で常に上位にくる騎士や、最強とも言われていた上級騎士もいたのに——それが、いとも容易(たやす)く倒されて……それも、素手で、だ！　三十人はいた騎士があっという間に地に伏せられたんだ。衝撃で立ち上がることもできない俺達に、あの男はこう言った」

情けねえ。こんな弱い連中じゃ信用できないな、と。

「ライアス殿下が婚約された相手は、皇族の血を引く公爵家の令嬢だ。いずれは、シャリエフ王国の王妃となられる方。だが、こんなに弱い騎士じゃ到底警護なんかまかせられない、出直して来い、と。そんなことを言われて、黙っていられるわけはないだろう！　だが、反論しようにも、精鋭部隊とも言える騎士たちが、あっさり一人に倒されたのは事実だ」

唸るようにそう言うと、サリオンは額に右の拳を当てた。

「何故そんなこと……」

確かにライアス殿下の婚約者シャロンは、ガルネーダ帝国の公爵令嬢だ。

皇帝の血を引いていることも、アロイス兄様から聞いていた。

そのシャロンが、シャリエフ王国の王立学園へ留学することも既に決まっているから、当然帝国からの護衛の選抜もされているだろう。

帝国から来る、王太子の婚約者――やはり、問題があるのだろうか。

私が帝都を出てから半年が過ぎる。

帝都にいれば、アロイス兄様から祖国の状況を聞けたかもしれないが、あの村では他国のことを耳にすることは皆無だ。それも、国王が倒れたことなんて――

「陛下が倒れられたのは、いつなの？」

「もうすぐ一年になる」

「一年って……！　私が帝国に来てすぐなのっ？」

「俺達が学園に入学した頃はもう、陛下の体調はあまり良くなかったそうだ。それでエイリック殿下のことがあって――今はもう、起き上がることもできない状態だと聞いた」

そんな……レトニス様が………

「陛下が倒れられたことは、すぐにライアス殿下に知らされたのでしょう？　なのに、どうして殿下にお戻り頂くのが一年後なの？」

「………一年後じゃない。ライアス殿下にはすぐに戻ってきて頂くために、手紙や使者を送ったと聞いている。だが、返事はなかなか来ず、帝国におられる殿下の面会許可が出たのは半年後だった」

「半年後？　まさか、サリオンが帝国に来たのは」

「半年前だ。俺たちはいまだ、ライアス殿下にお会いできていない」

「半年も、いったい何を？」

「あの男は、レオンは俺達に条件を出したんだ。護衛として自分達が認められる力をつけるまでは、帝都には一歩も入れさせないと。そのために、傭兵の仕事を百こなせ、と俺達に言った。一人が三つか四つ引き受ければ、すぐに終わるだろう、と」

「傭兵の仕事を？　王国の騎士に？」

できるのだろうか。騎士は、確か貴族の子息だけがなるものだと聞いていたが。

「俺はまだ正式な騎士じゃないが、他の騎士たちは高位の者が殆どだからな。任務のためとはいえ、傭兵の仕事をするなどできるとは思えない者ばかりだ」

「サリオンは、やるつもりだったのでしょう？」

「あ、いや……やるしかないだろう。諦めて国に帰るなんてできないんだから」

あと、三人の騎士が指名され、四人でやることになったのだという。

三人を指名したのは、現近衛騎士団長の嫡男で、今回帝国に来た騎士達のリーダー格らしい。

「たった四人で？」

それじゃあ、時間がかかりすぎるのではないか。

傭兵の仕事は毎日あるが、といってすぐに終わるものばかりではない。

商人などの警護などでは、ひと月以上かかることもあるのだ。

当然、危険な仕事もあるが、家の修理をするみたいな雑用もある。

だが、そんな仕事を貴族の中でもエリートと言われる彼らがやれるのか？

「やる気のない、プライドだけが高い騎士じゃトラブルの元だから、四人で良かったと思ってる。確かに半年近くかかったが、三人が頑張ってくれた」

リーダーに指名された三人は、いずれも下位貴族だったらしい。

彼らは、あまり時間がかからず、数をこなしやすい仕事を選んでやっていたようだ。

そして、サリオンは。

「俺は、あの男にここへ連れてこられ、この黒い甲冑を着せられたんだ。最初の数日は、本当に動けなくて、あの男に笑われまくりだった。やっと立てるようになっても、一歩足を進めるのもキツくて。あの男は笑いながら、俺を蹴り倒してくれたよ。いったいなんだ、と思った」

まあ、今なら、俺を鍛えていたんだなと思うが、とサリオンは溜息をつく。

「二ヶ月くらいここにいて、やっと傭兵の仕事を始めた。ただし、この甲冑を着たままで。アリステアのことは話してないのに、あの男は知っていた。アリステアを守りたいと思うなら、甲冑を着たまま仕事をこなせと言われたんだ」

「レオンが、そんなことを？　でも、私はサリオンのことは彼に言ってないわ」

「ああ、わかってる。あの男、俺だけじゃなく、帝国に来た騎士全ての名前を知っていた。どこから情報を得たのか知らないが。いったい、あの男、何者……」

「サリオンは、私を守ってくれるの？」

サリオンの顔をじっと見つめて言うと、唐突過ぎたのか、サリオンは赤くなって狼狽えた。

「えっ……そ、それは……アリステアは婚約者だから俺が……守るのは当然で……」

うん、と私が頷いて笑うと、サリオンは顔を赤くしたまま俯いて、黙り込んでしまった。

「ありがとう。嬉しいわ、サリオン」

そう私が言うと、サリオンはますます深く俯いてしまった。

続編の展開は今もわからないけど、サリオンとは婚約破棄にはならず、彼と私は婚約者同士だ。

未来がどうなるか予想もできないけれど、できることなら、このままで――


それからサリオンと私の会話は、トワイライト侯爵家のことや、レベッカのことを話題にしたものになった。

トワイライト侯爵夫人が、自分のせいで私が国を出たと思われていて、ずっとご自分を責めていらっしゃると聞き、心が痛んだ。ああ、今すぐにでもお会いして、違うのだと言いたい。

この日、私達はヴェルガーの家に泊まることになった。

夕食はヴェルガー手作りの料理をご馳走になった。

芋を主体にした料理で、味付けがどこか懐かしいと感じたが、よくわからなかった。

いつの記憶だろう？

夜、寝室として提供された屋根裏の部屋から、私は星を眺めていた。

キリアの店がある村から見える星も多かったが、この地から見える星はさらに多く見える。

殆ど灯りがないせいか。

芹那だった頃には、こんな凄い星空は見たことがなかった。

セレスティーネだった時は……やはり綺麗な星がたくさん見えていたと思う。

ここは、かつての私がやっていたゲームの世界のようでありながら、違う現実の世界。

ここには〝暁のテラーリア〟と同じ国、同じ人間が存在する。

そうだとしても、シナリオ通りの展開になるとは限らないと私は思い始めていた。

前世はゲームの内容と似て非なる最期だった。

あれは、私がゲームの悪役令嬢と同じ行動をしなかったから？

――ここは、いったいなんなのだろう。

どうして、こんな世界が存在するのだろう……

「アリスは自分の国に帰るのか？」

私は、ベッドの端に腰掛けているアスラを振り返った。

私も着ているが、ゆったりした生成りの長めのチュニックのような部屋着は、アスラにとても合っていた。

出会った頃から少年のようなアスラだったが、こうして見ると、実はかなりの美少女なのだとわかる。

傭兵になる者は生活のためとか、そうなるしかない事情がある者とかさまざまだと聞いた。

アスラには、いったいどんな事情があったのだろうか。

「今はまだ決めていないけど、多分……近いうちに帰ることになると思う」

アスラは、そうか、とだけ言った。

「でも、帝国に来てたくさんの人と知り合えたから、また来たいわ」

うん、とアスラは頷く。

「なあ、アリス。アリスの本当の名前、聞いていいか」

私は目を瞬かせ、ええ、とアスラに向けて微笑んだ。

「私の名前はアリステア——アリステア・エヴァンスよ」

翌日、私達は村へ戻った。
サリオンは、刀の手入れが終わるまでここを離れられないというので、ヴェルガーの家に残った。

アスラも、ヴェルガーに頼んでいるものがあるそうだ。

結局、私は行きと同じで、ベイルロードとルシャナと三人でキリアとミリアのいる村に戻った。

戻ったその日はキリアの店で一緒に夕食をとったが、翌朝には二人共、村からいなくなっていた。


村に戻った私は、店に出ることは少なくなったものの、時々買い物に出るようにしていた。

大抵は、パンを買いにいつもの店に行くだけなのだが。

この日、パン屋の奥さんが、お菓子をもらったからとお茶に誘ってくれた。

手招きされて入った部屋は、パンを焼く窯がある仕事場の奥にあった。

そこは、二人用の小さいテーブルと低い棚があるだけの小部屋だった。

しかし天井が高いので狭苦しい感じはない。窓もあって、明るい光が差し込んでいた。

奥さんは、私をテーブルにつかせると、お茶を淹れてくれた。

「私の母親が、昔男爵家のご令嬢の乳母をしててね、私も子供の頃から親しくさせてもらってさあ。私より八つ下で、気立てのいいほんとに優しいお嬢さんでねえ。今は子爵家の奥方様なんだけど、時々会いに来てくれてね。来るときは、必ずお菓子を持ってきてくれるのさ」

奥さんは、そう話しながらテーブルの上に焼き菓子を盛った籐（とう）の器を置いた。

「まあ、美味（おい）しそう！」

「でしょう。たくさん食べなさいね」

「ありがとう、おばさん」

私が笑顔でお礼を言うと、奥さんは、はぁ、と溜息をついた。

「いいねぇ、アリスちゃんの笑顔。こう、幸せな気分になっちゃうよ。ほんとに、見る目のない男が多くて、嫌になるよ。あの、馬鹿な傭兵は二度と店には入れないからね」

え？　と首を傾げた私は、すぐに、ああと思い出した。

アスラを見て逃げ出したあの傭兵のことだろう。

「いいの、おばさん。私、気にしないから」

「私が頭にきたの！　私がいたら、そいつの頭をフライパンで殴ってやったよ。悔しいねえ、私が配達に出てる時でなかったら」

「おばさん……え、と、ありがとう？」

さすがに返し方がわからないので、私は曖昧に笑ってお礼を言った。

「あ、美味しい！」

これって、チュロスっぽい？　こっちの世界で食べるのは初めてだ。

シャリエフ王国にはなかった。

「これ、どこのお菓子ですか？」

「珍しいでしょ。帝都には普通にあるお菓子らしいんだけどね」

え？　そうなの？

じゃあ、街に出ていたら見たかもしれない。帝都にいたのに残念だ。

「はあぁ……皇女様が、アリスちゃんみたいな子だったら良かったんだろうにねぇ」

「皇女……？」

突然思いがけない話題が出て、私は目をキョトンと見開いた。

「ビアンカ皇女殿下のことさ。まあ、私らには顔すら見ることのない雲の上のお方だけどね。かなり我儘な方らしく、嫌な思いをしてる貴族は多いって話だよ」

「…………」

ビアンカ皇女殿下――シャロンがお茶会でひっぱたいたという皇女様のことだろうか。

シャロンがそうした原因は、皇女様が私を侮辱する言葉を言ったからだと聞いた。

シャロンが、私のために怒ってくれたのだけど、やはり相手が皇女様だったから不安がいっぱいだった。

ルシャナは、シュヴァルツ公爵家にお咎めがいくことは絶対にないと言っていたが、本当に大丈夫だったんだろうか。

「実は、さっき言ってた幼馴染みが皇女殿下の被害にあっててねぇ……」

パン屋の奥さんは、そう言って大きな溜息を吐き出した。

「ビアンカ皇女殿下は、どういう方なんですか？」

「どういうって……私ら庶民には噂くらいしかわからないけど。このお菓子を持って来てくれた彼女の話では、我儘で、すぐにヒステリーを起こす厄介な存在だってことだよ。何度か被害にあって彼女もストレスで痩せちまってねぇ。最近では皇族方が関わるパーティーには、できるだけ参加しないようにしてるそうだ。皇帝陛下も二人の息子もよくできた方達だって聞くんだけどねぇ。いったいどうなってるんだろ」

「………」

どう答えていいのかわからず、私は困って目の前のお菓子を摘んだ。

奥さんは、そんな私をニコニコ笑って見ている。

「美味しいかい？」

カップを手にとってお茶を飲む私に、奥さんが聞いてきたので私はこくっと頷いた。

「とっても美味しいです。甘酸っぱい、果物のような香りがいいですね」

「最近レガール国で人気のお茶だってんで買ってみたんだけど、気に入ってくれたんなら良かった」

「レガール国、ですか？」

「あそこは貿易が盛んな国だからねぇ。珍しいもんがいっぱいあるって話だよ。一度くらい行ってみたいもんだねぇ」

ま、私らが簡単に行けるとこじゃないけどさ、と奥さんは笑った。

第六章　あの日の君に還る

貴族の乗る馬車のように豪華ではないが、全体的に茶色で上品な造りの馬車が村の石畳の上を、ゆっくりとした速さで進んでいた。

御者も地味な衣装の白髪の老人だったので、見慣れない馬車に目を留める者はいても、金のある商人だろうくらいにしか思わなかった。

「コルビーや貴女(あなた)から話に聞くだけだったけれど、いい村ね。屋根の色も、店の看板もとても可愛(かわい)らしいわ」

窓から村の様子を眺めていた金髪の貴婦人が、子供のようにはしゃいだ声で言った。

来て良かったわ、とオリビアは隣に座るアスラに向けて、ニッコリと微笑(ほほえ)んだ。

「貴女の友人に会うのが本当に楽しみよ」

「オリビア様………」

「ふふ。そんな顔をしないで。約束を反故(ほご)にしたりはしないわよ、アスラ」

それにしても、とオリビアは微笑みながら首をやや傾け、アスラの頬に右手を当てた。

「いつも表情を殆(ほとん)ど変えない貴女も、そんな顔ができるようになったのね」

「そんな顔、というのがわかりませんが？」

「そうね。他の人から見れば、今も相変わらずの無表情よ。でも私やコルビーにはわかるわ。貴女、とても幸せそうよ」

よくわからないというように首を傾(かし)げるアスラの頬を、オリビアの白い手が覆った。

「私が夫のテオドールを見つけたように、貴女も大切だと思える人を見つけたのね。それは誰にでもあることだけど、誰にでも見つけられることではないの。偶然とほんの少しの幸運がなくてはね」

「私は……師匠のこともオリビア様のことも大切に思っています。私にとって、お二人は恩人だし」

「ええ、わかっているわ。でも、貴女は、私達(たち)より彼女の側(そば)にいたいのでしょう？　それが、私もコルビーも嬉(うれ)しいの。貴女が、そういう人と出会えたことがね」

「…………」

アスラは、己を見つめる、美しく透き通るような青い瞳を見返した。

「オリビア様……アリスは——オリビア様にとっても奇跡の存在かもしれません」

え？　と彼女の青い瞳が大きく瞬くと、乗っていた馬車がゆっくりと停止した。

窓に視線を向けると、店の前にアリスが一人立っていた。

いつもの赤い縮れたような髪に、白いエプロン姿のアリスは、馬車から降りてきたアスラに気がつくと手を振ってきた。

「アスラ！　頼まれていた惣菜(そうざい)パン、多めに作ったからたくさん食べてね！」

「ああ。ありがとう、アリス」

あと、ソフトクッキーも作ったから一緒に持っていってね、と大きな袋と小さめの袋を、歩いてきたアスラに手渡した。

「アリス。今日は眼鏡、してないんだね」

アスラがそう指摘すると、あれ？　とアリスは今気づいたというように顔に手をやった。

「いけない！　厨房で外したままだったわ！」

アスラはフッと笑みを浮かべた。

「眼鏡のアリスも可愛いけど、なくても可愛いよ」

「まあ！　それって、口説いているみたいよ、アスラ」

クスクス笑うアリスにつられたように背後からクスリと笑う声が聞こえ、アスラが振り向く。

「オリビア様？」

いつのまにか馬車を降りていたオリビアを見てから、アスラは馬車の扉の前に立つ白髪の男を見た。アスラは小さく息を吐き出す。

アリスの青い目が、突然目の前に現れた貴婦人に対し、驚いたように大きく見開かれていた。

オリビアは、目立つ金色の髪をまとめて白い帽子の中に隠し、その広いツバで彼女の珍しい青い瞳を覆っていた。

アリスの目に映るのは、女性にしてはやや長身の、ほっそりとした美しい貴婦人の姿だった。

そして、アスラが初めて側にいたい、と望んだ少女に興味を抱いていたオリビアの目に映ったのは、癖のある短い赤毛、そばかすはあるものの、まだ幼さが感じられる美しい顔立ちの少女だった。

息を呑んだのは、アリスと呼ばれた少女の、自分を映す瞳だった。

この方は、今回の仕事の依頼人だ、とアスラが言うと、アリスはペコリと頭を下げた。

「貴女………」

「アリス」

無意識にアリスに向けて手を伸ばしかけていたオリビアは、アスラの声にハッと我に返った。

「パンをありがとう。仕事が終わったらまた店に行くよ」

「ええ。待ってるわね」

オリビアは、笑顔のアリスに向けてニッコリと微笑みかけた。

「お会いできて良かったわ。次に会う機会があれば、貴女とゆっくりお話がしたいわ」

はい！　ぜひ！　とアリスが頷くと、オリビアは背を向けて馬車の方へと戻って行った。

じゃあね、とアスラが軽く手を上げ、オリビアの後を追う。

馬車の前に立っていた白髪の男は、扉を開けると、オリビアの白い手を取った。

「アスラ……あの娘は誰？」

後ろに立つアスラを振り返らずにオリビアが問う。

「彼女は、シャリエフ王国の伯爵令嬢です。名前は、アリステア・エヴァンス」

「アリステア・エヴァンス――――調べてちょうだい、コルビー」

白髪の男は、オリビアを馬車に乗せると、目を伏せ、自分の胸に右手を当てた。

「承知した、レディー」

「アスラ。貴女の知っていることを全て話しなさい」

「はい、オリビア様」

アスラがオリビアに続いて馬車に乗り込むと、白髪の男コルビーは、馬車の扉を静かに閉め御者台に戻った。

途中、赤毛の少女が手を振っている様子を目に入れ、彼は、ほぉ……と懐かしそうな顔になった。

（昔の彼女にそっくりじゃないか）


ああ、驚いた、と私はドキドキする自分の胸を押さえた。

大きな帽子のせいで、顔の半分ほどしか見えなかったが、先程会った女性がとても綺麗な人だとわかった。年齢は若く見えたが、あの落ち着いた感じから、マリーウェザーお母様と同じくらいかなと思った。

アスラは、今回の仕事の依頼主だと言ったが。

馬車は地味で、着ているものも商家の奥方風だったが、多分、あのご婦人は貴族だと思えた。上品で、優しそうなあの声――

また会えるかどうかわからない。でも、もし会えたなら、あの方が言ったようにゆっくりとお話がしたいな。

馬車を見送ってから私は裏口に回り、厨房に置いたままになっていた眼鏡を取った。

「お嬢様、アスラに渡せました？」

厨房で鍋の見張りをしていたミリアに向け、私は指で丸を作って笑った。

最初は、それがなんのことかわからなかったミリアだが、私が意味を伝え、何度かやっているうちに、彼女も使うようになっていた。

オッケーのサイン。芹那が生きていた日本では普通に使われていた動作だが、この世界にはなかったものだ。

「ソフトクッキーもうまく焼けましたし、きっとまた食べたいって言ってきますよ」

「うふふ、そうね」

アスラは、出会った頃はあまり食事に興味がないようだったが、最近は気に入ったものができると、次も食べたいと強請るようになった。

いい傾向だと思う。頬なんかちょっとふっくらして可愛くなったと思う。

あの方も、食べて下さるかな……

頭に浮かんだのは、アスラが依頼人だと言っていた白い帽子の女性。

淡い緑色の簡素なドレスを、まるで高貴なご婦人のように上品に着こなしていて、つい見惚れてしまったが。

「あ、お嬢様。ルシャナが戻ってきたのですが、少しお嬢様と話したいことがあるそうです」

厨房に顔を出してそう言ったキリアに、私は目を瞬かせた。

「ルシャナが？　もう戻ってきたの？」

ルシャナは、私を村まで送り届けると、用ができたからと帝都に戻っていったのだが。

アロイス兄様とも会うと言っていたから、用というのはライアス王太子殿下のことだろう。

国王であるレトニス様の体調が戻らなければ、ライアス殿下に国へ戻って頂くしかない。

今、レトニス様がどのような状態なのかはわからないが、王妃が長く国王の代理を務めることは不可能だろう。

だから、国は帝都まで迎えを寄越(よこ)したのだろうが、それからもう、半年が過ぎてしまっている。

ベイルロードが引き止めたからだというが、現皇帝がそれを知らないということは、まずないと思う。

どうして、王太子を迎えにきた騎士達にあんな条件を出したのかわからない。

そもそも、何故(なぜ)ライアス殿下は六年もの間、一度も国に戻ろうとしなかったのか。

まさか、ただの留学ではなかった?

考えてもわからず、私はフゥッと息を吐いた。

サリオンは今もまだ、傭兵(ようへい)として受けた仕事をこなしているのだろうか。

(サリオン……)

一緒にシャリエフ王国に帰ろう、と言われた。みんな、待ってるから、と。

帰りたい……会いたい人がたくさんいる。

お母様や小さいオスカー、レヴィ、マリアーナ様、トワイライト侯爵家の方達。

きっと、私が帰るのを待ってくれている。

でも……もう国を出る前の生活に戻れない、そんな気がしてしょうがなかった。

キリアがドアをノックすると、部屋の中から聞き慣れたルシャナの声がした。

なので、部屋にいるのはルシャナだけで、もう一人いるなんて予想もしなかった。

キリアがドアを開けた瞬間私の目に映ったのは、ルシャナではなく、長身で銀色の髪の男の姿だった。

「アロイス兄様！」

私は、久しぶりの兄の胸に飛び込んだ。

「お兄様がいらっしゃるなんて、驚きました！」

「ああ。もっと早く来たかったんだが、面倒ごとばかり押し付けられてな。なかなか帝都から離れられなかった。お前の様子は、キリアから報告を受けていたから安心はしていたんだが」

微笑んでいるキリアを見て、ああ、そうかと私は思った。

キリアは私と再会する前からお兄様のために働き、連絡し合っていたのだ。

「本当に、兄妹なんですねぇ」

ルシャナが溜息(ためいき)をつきながら小さく呟(つぶや)くと、そう言ったろうと、兄はフンと鼻を鳴らした。

ムゥ……とした表情で頭をかくルシャナに、私はクスクスと笑った。

本来、私と兄が兄妹と言えるのかは微妙なところだ。

アロイス兄様の妹だったのは、私の前世であるセレスティーネなのだから。

魂が同じで記憶があるからと言うなら、最初は日本にいた芹那であり、彼女はアロイス兄様とはなんの繋（つな）がりもない。

だが、芹那には血の繋がった身内の記憶がなかった。

あの災害の時に亡くなったのか、そもそも身内などいなかった可能性もある。

だから、アロイス兄様は、今の私にとって唯一と言える兄だった。

「それにしても、化けたな。赤髪に眼鏡、か。まるで別人だ」

「私も驚きました。ルシャナの技術はホントに凄（すご）いです」

フフフと私は笑って眼鏡を外すと、兄の顔を見つめた。

兄が、忙しい中、この村までやってきたのは、何か私に知らせたいことがあるからだろう。

「何かありましたか?」

私が尋ねると、兄は、ああ……と言って私から目を逸（そ）らした。

ずっと笑みを浮かべていたキリアは厳しい表情になり、ルシャナは無表情で私達を見つめていた。

「確認はまだ取れていないが――――シャリエフ王国の国王が、危篤らしい」

国境を越えてから王都に入るまで、私は馬車の窓からずっと懐かしい景色を眺めていた。

ここから帝国に向かったのは、一年以上前のことになる。

あの時、私は十四歳だった。そして、国を出た私は、帝国で十五歳を迎えたのだ。

私とミリアが乗った馬車は、王宮の正門前で止まった。

アロイス兄様から、レトニス様のことを聞いたあの日、私は母マリーウェザーの手紙を受け取った。その手紙は、私に帰国を促すものだった。

「お母様！」

王宮の侍女に案内された部屋で、母マリーウェザーの姿を目にした私は、思わず声を上げて飛びついていた。

貴族の令嬢としてははしたない行為だが、この場にいるのは身内とも言えるミリアだけなのだから気にしない。

「まあ、アリスちゃん！　一年見ない間に、かなり背が伸びたのね！」

驚いたわ、とマリーウェザーは、笑いながら私を抱き締め返してくれた。

確かに、母との視線の高さが近くなっている。

母は、どちらかというと長身の方だから、驚くのも当然かもしれない。

最後に会った時は、まだ私の視線は母の顎のあたりだったように思うから。

帝国で身近にいた人達が、皆大きかったから、あまり意識していなかった。

あ、だったら――サリオンも、すごく背が伸びていたことになるのね。

「元気そうでよかった」

さらに美少女になっているわよ、とマリーウェザーが私を見て微笑んだ。

「お母様もお元気なご様子で安心しました。オスカーは元気ですか？」

「元気よ。アリスちゃんが帰ってくるって言ったら、喜んでたわ」

「本当ですか？　忘れられてるだろうなって思ってたんですけど」

なにしろ、私が帝国に行った時はまだ二歳にもなっていなかったから。

覚えてる筈はないと思っていた。

「大丈夫よ。アリスちゃんのことは、毎日あの子に聞かせていたから」

「え？」

「寝る前には必ず、アリスちゃんの物語を聞かせていたのよ」

「私の物語、ですか？」

思ってもみなかったことに、私は目をキョトンとさせ首を傾げると、マリーウェザーはフフフと楽しげに笑った。

「アリスちゃんも聞きたい？」

「え、はい」

「私も聞きたいです、奥様！」

頷いた私に続いてミリアが、興奮した顔でマリーウェザーに強請った。

「いいわ。じゃあ、家に帰ったらね」

「ありがとうございます、奥様！　楽しみですね、お嬢様！」

ええ、と私が頷くと、マリーウェザーはパンパンと手を叩いた。

すると、王宮の侍女が青いドレスを持って部屋へ入ってきた。

「まずは着替えましょう。さすがに、その格好でお会いすることはできないわよ」

「あの方に……お会いすることができるのですか？」

「それは、まだわからないわ。殆ど眠っておられるそうだから。でも、アリスちゃんが、どうしてもあの方に言いたいことがあるというなら、私はできる限りのことはするわよ」

お母様………

「ありがとうございます、お母様。最初は、お会いしたいと思いました。でも、お会いして、いったい何を言えばいいのかわからなくて――今の私の中には、あの方に対する感情が何もないから」

そう答える私に向けて、マリーウェザーは柔らかく微笑んだ。

「そうね。わかるわ。だって、貴女は、アリスちゃんだもの。とりあえず、先に私の従妹に会ってみない？」

ねっ、と言われ、私はコクンと頷いた。

王宮の侍女とミリアに着替えを手伝ってもらい、髪は母マリーウェザーがブラシで綺麗にとかしてくれた。

「本当に綺麗な金髪……溜息が出ちゃうわ。普通、金髪といっても赤みがかったり、少しくすんだ色だったりするのに、アリスちゃんの髪は、輝くような黄金色だもの。こんな綺麗な髪はめったにないわよ」

溜息混じりの褒め言葉に、私は苦笑を浮かべた。

今は金髪だが、昔は赤い髪だった。私を産んだ母は、その赤い髪が嫌いで、一度も私を抱いてくれたことはなかった。もし、生まれた時にこの髪色だったらどうだったろう？　と、そう思うこともあったが。

「時間がないから、髪はセットできないけれど、髪留めくらいはつけておくわね」

マリーウェザーは、両側から上半分の髪を掬（すく）い取ると、後ろで、青い石のついた髪留めで一つにまとめた。

準備が整い、私はマリーウェザーと共に部屋を出た。

ミリアはこの部屋以外の場所に行くことは許可されていないので、私達が戻るまでここで待つことになる。

長い廊下を進み、許可された者しか入ることのできない奥の区画まで来ると、マリーウェザーはある部屋の前で立ち止まった。重厚で美しいレリーフのある扉をノックすると、中にいた侍女が顔を出したので、マリーウェザーが名乗る。

侍女は恭しく扉を開けて、私たちを中へ招いた。

白を基調にした広い部屋で、家具や調度品はあまり派手ではなく上品な印象だった。

部屋で待っていたのは、黒髪をアップにし、小さな銀のティアラをつけた女性だった。

記憶にある顔より、やはり年齢を感じるが、王妃としての威厳もあって美しい。

王妃の側に立っている男は、上位貴族のようだが、どこか見覚えがあった。
誰だったろう？

お姉様！　と王妃がマリーウェザーを呼ぶのを聞いて、私は驚いた。
ああ、クローディア様は、従姉であるマリーウェザーお母様をそう呼んでいたのか。

「お待たせして申し訳ありません。娘のアリステアです」

王妃に向けて膝を曲げてのカーテシーをするマリーウェザーと共に、私も王妃に向けて礼をした。

「アリステア・エヴァンスでございます。お目にかかれて光栄にございます」

「貴女が、アリステア……エイリックが本当に申し訳ないことを致しました。貴女には、大変な思いをさせてしまって。到底謝り切れるものではありませんが」

「いえ……そのように言って頂けるだけで、心が休まります」

「本当にごめんなさい」

立場的に頭を下げることはできなくても、クローディアが心から謝罪していることは私にも理解できる。彼女はそういう女性だった。

前世、彼女と話をしたのはほんの数回。
学園ではクラスが違った上に、王太子妃として学ぶことが多かったため、友人と会話する時間も殆どなかったくらいだ。

辺境伯の令嬢であるクローディアは、美しい黒髪の美少女であったが、常に一歩引く性格で、地味とまではいかないが、あまり目立つ少女ではなかった。

どちらかというと、大人しくて真面目で、気づけば本を読んでいるというような、そんな印象だった。

そんな彼女が、王妃になったと知った時は驚いた。

最初は側妃だったとしても、何故彼女が？　と首を傾げるほど意外だった。

いったい、彼女に何があったというのか。

「それで、お願いしたことはどうなったのかしら？　許可して頂けるの？」

マリーウェザーがそう問いかけると、王妃が答えるより先に、側にいた貴族の男が口を開いた。

癖のない焦げ茶色の短髪に端正な顔立ち。年齢は、多分陛下と同じくらいだろうか。

王妃であるクローディアの側に、そして病に臥せっている陛下の近くにいることを許されている上位貴族。

思い出せる人物は、一人だけだ。

子供の頃からレトニス様を友人として支えてきた、公爵家のハリオス・バーニア。

ああ、やはり今もずっと、レトニス様のお近くにいて支えてこられたのだなあ。

「エヴァンス伯爵夫人。陛下にお会いしたいとのことですが、それは何故です？」

そうね、とマリーウェザーは少し考えるように右手を曲げて人差し指を頬に当てた。

「恨み言を言いたいから、かしら」

ね、と母は私の方に顔を向け、ニッコリと笑った。

ハリオスはというと、母の〝恨み言〟という言葉に眉をひそめた。

「さすがにそれは、不敬ではありませんか、エヴァンス伯爵夫人」

そう咎めるハリオスに向けて、王妃は首を振った。

「いいえ。親として、きちんと教育ができなかったのは事実。そのせいで、まだ学生である二人の貴族令嬢を貶めてしまった。恨み言を言いたいというのは当然のことです。でも、お姉様……陛下はもう、話を聞ける状態ではありません。ですから、全て私に仰って下さい」

マリーウェザーは、半分目を伏せ、疲れ切った表情のクローディアを見つめた。

「陛下はもう、そこまでお悪いの？」

「はい……今ではもう、ご自分で身体を動かすこともできません……目も、もう何も映されることはなく……」

クローディアは握っていたハンカチを口元に押し当てた。

どうして……どうして陛下が……

「陛下が後悔し、苦しんでこられたのを、私はずっと見てきました。それが自分に科せられた報いなのだと……全てを知ったあの日から、陛下は自分を責め続けてきました。陛下は……エイリックが犯した罪も、我が身の罪として背負って逝くおつもりなのです」

クローディアの言葉を聞いたマリーウェザーは、視線を上に向け息を吐き出した。

「本当に馬鹿ね——後悔なんて、どれだけしても、元に戻ることはないし、救われることなどないというのに」

お母様、と私はマリーウェザーの腕に触れた。

ハリオスの眉間には深い皺ができていたが、再びマリーウェザーに向けて不敬だと口にすることはなかった。

「せめて、同じ罪を犯したエイリック殿下が、罪を償う方法を見つけて、陛下のように一生を後悔に苛まれないよう生きて下されば良いのだけど」

「お姉様………」

「クローディア。陛下に対して恨み言を言いたいのは、私ではないの」

マリーウェザーが私に向けて頷くと、小さく頷き返し、私は静かに前に進み出て王妃の前に立った。

私は王妃の手に握られているハンカチに視線を向ける。

「クローディア様。そのハンカチ、まだ持っていて下さったのですね」

「えっ?」

クローディアは、私が言った意味がすぐには理解できなかったようだ。

大きく見開いた彼女の瞳が、私を見つめて瞬く。

「あれからもう、何十年もたちましたわね。私にはつい最近のことのように思いますが。私、刺繍はあまり得意ではありませんでしたの。ですから、頑張って練習していましたわ。あの日――友人から貴女の誕生日だと聞き、思わず自分が刺繍したハンカチを渡してしまったのですが、あの後、顔から火が出るほど恥ずかしくなりました」

何故なら、まだ練習中で、人に見せられるような出来ではなかったのですから。

「え？　ま……まさか………」

信じられないという顔で、クローディアは私を見つめてきた。

今にも叫び出しそうに顔を歪める彼女に対して、私は微笑んでみせる。

「あんなものではなく、もっと良いものを贈れた筈だと、とても後悔しましたの。それを、ずっと持っていて下さったなんて。嬉しいですわ、クローディア様」

「あ……貴女は……！　まさか、セレスティーネ……様？　セレスティーネ様なのですか⁉」

バカな！　とハリオスは叫んだ。

「そんなことは、あり得ない！　彼女がセレスティーネなどと、あり得ないだろう！」

マリーウェザーは、ハリオスに向けてニッコリと笑った。

「貴方も公爵家の生まれなら、生まれ変わりというものがあることをご存じでしょう？　アリステアは、間違いなく、セレスティーネ・バルドー公爵令嬢の生まれ変わりですわ」

「信じられるものか、そんなこと！　この少女が、セレスティーネなどと！」

絶対にあり得ない！　と否定するハリオスを、クローディアの声が止めた。

「私は、信じます……」

「クローディア！　何を……！」

クローディアは、私の右手を両手で覆うようにして摑むと、床に膝をついた。

それには驚いたが、クローディアは私の手を摑んだまま、顔を伏せ、そして――

「セレスティーネ様……セレスティーネ様……」

クローディアは声を震わせ嗚咽しながら、何度も何度もセレスティーネの名を呼び続けた。


「……誰だ？」

王の寝室に入ると、私はしばらくベッドの側に立っていた。

私の時間では十数年。実際は、数十年の時がたっていたため、記憶にあるレトニス様より、そのお姿はずっと年をとられていた。

それでも、レトニス様だとわかる不思議な感覚に、私は息を殺しながら、眠っている彼を静かに見つめていた。

だが、それもほんの短い時間で、気配に気付いた彼が目を開けた。

彼は、私が立っている方に顔を向けたが、その目は私を映してはいなかった。

「クローディアではないな？　そこにいるのは、誰だ？」

私は、ふっと笑った。

「私をお忘れですか？　トーニ」

「…………!?」

見つめていた彼から、息を呑む音が聞こえた。

「セレスティーネ？……いや、セレーネ？　何故、君がここにいる？　これは、夢か？」

「私、貴方に恨み言を言いに来ましたの」

　レトニス様の目が、一瞬驚いたように瞬いた後、そうか……と彼は息を吐いた。

「私は君に酷いことをしてしまったのだから、恨み言は当然だな」

　ええ、と私は答える。

「あの、卒業パーティーの夜……私はとても辛かったんです。胸が潰れるかと思えるほどに。貴方は、シルビア様のことを初めて心を惹かれた女性だと仰いました。では、私は？　私は、ただ政略で貴方の婚約者となっただけの女だったのでしょうか」

「……………」

「私は、貴方のことをずっとお慕いしていました——王妃になるということではなく、貴方の妻としてお側にいられるということが嬉しくて、どんなに辛くても頑張る気になったのです。でも、トーニは、私を人として欠けているものがあると指摘されましたわ。いったい、私には、何が欠けていたのでしょう？」

「セレーネ……あれは間違いだった。人として欠けていたのは、私の方だったんだ」

「トーニ？」

「私が真実を知った時には、全てがもう元には戻せなくなっていた。君は死に……我が王家を建国の頃より支えてくれたバルドー公爵家を永遠に失ってしまった。私に残されたのは、激しい後悔だけだった」

「私は……両親に申し訳ないことをしました。父を、母を悲しませて——」

「セレーネ、それは君のせいではない。全て、私が愚かだったのだ。君への想(おも)いを忘れ、君を信じなかった私が、皆を不幸にしてしまった……」

何故、私は……！　と、レトニス様は辛そうに唇を噛(か)んで顔をしかめた。

「私、ウェディングドレスを着ることができませんでしたわ」

「セレーネ？」

「このまま、恨み言を続けさせて下さいます？」

私がそう問うと、レトニス様は、ああ勿論(もちろん)だ、と答えた。

「トーニ。ウェディングドレスは乙女の夢ですのよ？　あの卒業パーティーの前日、王妃様が、ご自分の着られたウェディングドレスを私に見せて下さいました。真っ白な、溜息が出るほど素敵なドレスでしたわ。王妃様は、既に私が結婚式に着るウェディングドレスを作らせていると言っておられました。出来上がったら、見せて下さると約束して下さいましたの。とても楽しみでしたわ」

「………そうか」

「きっと、とても素晴らしいウェディングドレスだったと思いますわ。この目で見ることが叶(かな)わなくて残念でたまりません」

「…………」

黙り込んだレトニス様を見て、私は、ふふふと小さく笑った。

「覚えていらっしゃいますか？　私、貴方に一度だけお強請りしたことがありましたのよ」

レトニス様は、意外なことを聞いたというように目を瞬かせた。

「そう……だったか？　そんなことが、あったかな。君は殆ど我儘を言わなくて、欲しいものを言うこともなかったから、何をプレゼントして良いのか困ったものだが」

「私は、貴方から頂けるだけで、嬉しかったですわ。でも、アレだけは、どうしても欲しくて――」

「悪いが、セレーネ。私は覚えていないのだが。君がそんなに欲しかったものは、何だったんだ？」

「石ですわ。子供の手のひらくらいの小さな――その石の表面に、貴方は綺麗な色の、花の模様を描いておられました」

ああ、とレトニス様は思い出されたのか声を上げた。

「あれは、遊びで描いたものだ。とても、君にやれるものではなかった」

「それでも、私は……欲しかったのです。とても」

そうか、とレトニス様は溜息をついた。

「私は、君に贈るものは、高価なものでなくてはならないと思い込んでいた。君が、石を欲しいと言ったのを本気だとは思わなくて……すまない」

「私は、ずっと貴方に信じて貰えていなかったのでしょうか」

「違う！――いや、確かに、私はあの頃、君を信じられなくなっていた。今でも、よくわからない。何故、そうなったのか――私は……セレーネ、君を誰よりも愛していたというのに」

「……」

「君を失ってから、記憶が混乱していることに気付いた。特に子供だった時の記憶が曖昧な所が多かった。ハリオスやダニエルに聞いて、欠けている記憶を補ったが、どうしても補うことのできない記憶があった」

君と二人でいた記憶だ、とレトニス様は言った。

「貴方と私の、ですか？」

「ああ。子供の頃だ。まだ小さい……初めてセレーネと出会った頃、私はどうしていた？」

「貴方は、初めての王宮で緊張していた私に、優しく微笑んで下さいましたわ。とても綺麗な笑顔だったので、私は声も出せずに見惚れてしまいましたの」

「そうだったか？」

「はい。父に声を掛けられるまで、私はかなり間抜けな顔をしていたと思いますわ」

そうか、とレトニス様は楽しげに喉を鳴らして笑った。

「ああ……できるなら、あの初めの頃に戻りたいものだな。君と会ったあの日——初めてセレーネと言葉を交わしたあの……」

レトニス様は、言葉を途切らせ、目を閉じると疲れたように息を吐き出した。

満開でしたわ、と私はレトニス様の耳元で囁く(ささや)ように言った。

「ピンク色の花が風が吹くたびに空に舞い上がって——夢のように美しかったですわ」

「そうだ……あれは異国の木だった」

「貴方は、あの木の下で初めて、私をセレーネと呼んで下さいました」

「そうだったな……思い出した。アレを〝サクラ〟と呼ぼうと決めたのだった。あの日から、毎年二人でサクラを見たのだったな」

「ええ、そうですわ」

「君とまた、花を見たかったよ」

「見られますわ。だって、あの日に行けば、トーニも私もいますもの」

「ああ、そうだ――そうだな」

ハハ、とレトニス様は声を出して笑った。

「では、帰ろう………」

セレーネ、君と二人で見た、あの満開の木の下に。


還（かえ）ろう――


『この木をサクラと呼ぶのは私達だけの秘密にしよう。そして、私達も二人だけの呼び名を決めないか』

『良いのですか？』

『いいさ。私達は婚約者同士なのだから。そうだ、私の呼び名はセレスティーネが決めてくれ』

『では……トーニと』

『わかった。では、私はお前のことをセレーネと呼ぼう』

『はい、トーニ様』

ずっと――ずっと、私の側にいてくれ。セレーネ――

二人だけで言葉を交わした翌日の朝、レトニス様は亡くなられた。

穏やかな表情で目を閉じられた後、まさしく眠るように息を引き取られたのだ。

その日のうちに、国王の死は国民に知らされ、王都中に鐘の音が長く鳴り響いた。

エピローグ

「ライアス王太子殿下が、帝国から戻られることになったそうよ。まあ、第二王子が追放され、陛下も亡くなられた今、王家にはライアス殿下しか残されていないから。早く戻ってきてもらわないと、国内が混乱するわ」

王宮が用意した馬車で、私は母マリーウェザーと共に王都にあるエヴァンス邸へ向かっていた。勿論ミリアもいる。

「アリスちゃんの秘密は、しっかり二人に口止めをしておいたから。他に漏れることはないので安心してね」

「ありがとうございます、お母様」

あの場にいたクローディア様とハリオス様には、私がセレスティーネの生まれ変わりだと打ち明けていた。そうしなければ、私はレトニス様と話をすることはできなかったろう。

いくら、私を冤罪で断罪したのが第二王子のエイリック殿下であっても、病の床についている王に会わせるなど、到底許される筈はないのだから。

自分が転生者だとクローディア様に話すことは、母と決めていたことだった。

その場に、公爵家のハリオス・バーニアがいたことは想定外だったが。

「そういえば、お母様。公爵家が生まれ変わりを知っているというのは、どういうことでしょう？」

ああ、とマリーウェザーは首を傾け笑った。

「アリスちゃんは、アロイス様から聞かなかったかしら。帝国では、転生者は珍しいことではないそうよ」

「それは……聞きましたけど。何故そうなのかまでは聞けませんでした」

理由があるんですか？　とミリアが首を傾げる。

座っているミリアのまわりにはいくつもの荷物が置かれていて、いささか窮屈そうだった。

「ガルネーダ帝国では、昔から記憶を持って生まれ変わる人が普通にいたみたいね。最近は、そういう人は少なくなってるようだけど。私やアリスちゃんは、異世界からの転生者だけど、エレーネのこともあるし、もしかしたら私達のような境遇の人間が、この世界には何人もいるかもしれないわ」

「…………」

あの、赤い髪のエレーネ・マーシュ伯爵令嬢が、日本からの転生者だということは、母マリーウェザーからの手紙で知った。

最初は、憑依して来ていたようだが、向こうで死んでこの世界に転生したらしい。

そういうこともあるのだと、私は初めて知った。

エレーネは、続編のことを知っていたようだが、彼女は王都から追放になったため、話を聞くことはできない。続編は終わったのかもしれないけど、さらに続きが出ていたとしたら……

いいえ！　と私は心の中で否定する。

たとえ出ていたとしても、アリステア・エヴァンスの出番はもうない筈だ。

「アリスちゃんが学園に入学してからも、いろいろ調べてみたのよ。国の成り立ち、とかね。そうしたら、シャリエフ王国の建国には帝国が関わっていることがわかったの。まあ、帝国の歴史は千年、シャリエフ王国はようやく二百年。先祖に帝国の人間がいても、不思議はないかもしれないけど」

「私、聞いたことがあります！　母は帝国から来た人なので。昔から帝国からシャリエフ王国に移り住んだ人間はたくさんいるって言ってました」

「そういえば、ミリアのお母さんは、子供の頃に帝国からこの国に来たって言ってたわね」

はい！　とミリアは頷く。

「つまり、そういうこと。この国の貴族、多分建国の時代から続く高位貴族あたりは、その話が秘かに受け継がれているのよ。転生者の存在や、前世の記憶を持つ者がいるということとか、ね」

「そうだったんですか。でも、ハリオス様は、信じられない様子でしたけど」

「まあね。伝え聞いてはいても、実際にその目で見たことがないから簡単には信じられないでしょう。クローディアが信じたのは、ハンカチのこともあったのだろうけど、セレスティーネ様のことを、本当に敬愛していたからだと思うわ。だから、ずっとレトニス陛下のお側にいたんでしょうけど」

ほんとに馬鹿な子、とマリーウェザーは吐息混じりに呟いた。

「実は……もう一つ、気になることがあるのですが」

「なにかしら？」

「レトニス様には記憶の混乱があったそうなんです。特に、子供の頃の記憶が曖昧だったようで」

　マリーウェザーは眉をひそめた。

「記憶障害を起こしていたということ？　それって、いつ頃から？」

「いつからなのかはわかりません。前世の私が死んでからしばらくして、昔の記憶が所々消えていることに気づいたそうです。それで、幼馴染みであるハリオス様やダニエル様から昔のことを聞いて、欠けている記憶を補っていた、と」

「陛下がそう仰ったの？」

　私が頷くと、母は眉間に皺を寄せて考え込んだ。

「そのことは聞いてないわ。セレスティーネ様のことは？」

「最初に出会ってから数年のことは、あまり覚えていなかったように思います」

「それって、おかしいわね。記憶の欠如なんて、誰も気付かなかったのかしら」

「前世の私も気付きませんでした。王立学園に入学してから、お互い忙しくなり会う時間は少なくなってしまいましたが、気になるようなことは何も」

　だが卒業する頃には、レトニス様とは殆ど顔を合わせることはなくなっていたので、どうだったのかわからない。

「なら、陛下に記憶障害が起きたのは王太子時代、学園を卒業する前後と考えていいわね。――わかったわ。私も、あの断罪事件は気になっていたの。調べてみましょう」

私も、と言いかけた私に向けて、マリーウェザーは首を横に振った。

「駄目よ。調べごとは私に任せてちょうだい。アリスちゃんはまだ学生なんだから、勉学に励まなきゃ、ね」

「え？　私、学園に戻れるんですか？」

「アリスちゃんのこれからは、ちゃんと考えているわ」

馬車は、王都にあるエヴァンス邸の門をくぐった。

母の話では、父は仕事で領地に戻っているという。

相変わらず、私は父親とは縁がないようだが、母親と一緒に王都に来ていたオスカーともすれ違ったらしいので、私だけではないのだろうか。

可愛（かわい）がってはいるようだが、殆ど会うことがないので、オスカーはライドネスの顔を忘れて、毎回誰？って表情をするらしい。

じゃあ、一年以上オスカーに会っていない私の顔を忘れていても、仕方ないのではないか。

母は、大丈夫だと言っていたが。

馬車を降りると、執事のクラウスとメイド達が全員で邸（やしき）の前で出迎えてくれた。

生まれてからずっと領地にある邸で育った私は、王都のエヴァンス邸を訪れるのはほんの数えるほどしかなかった。

なので、この邸にいる使用人との面識はほぼないと言っていい。

常に父の世話をし、邸の使用人達をまとめている執事のクラウスとは、挨拶くらいしかしたことはなかった。

だから、こんな大仰な出迎えには、さすがに驚いてしまったのだが。

それ以上に驚いたのは、ローズピンクのドレスを着たレベッカが、長い黒髪をなびかせながら駆けてきて私に抱きついたことだった。

「セレーネ！　ああ、ほんとにセレーネだわ！」

「レヴィ！　どうしてここに？」

「セレーネが帰ってくるって聞いたからよ！　当然でしょう！　会いたかったわ、セレーネ！」

ぎゅうっと抱きしめられた私は、再会が嬉しくて、レベッカの背に両手を回した。

抱きしめ返すと、なんだかホッとして温かい気分になった。

「私も会いたかった、レヴィ。ごめんなさい……レヴィがいない間に国を出てしまって。本当にごめんなさい」

「謝らないで、セレーネ！　貴女のせいじゃないわ。全て、あのバカ王子のせいじゃない！」

バカって……変わらないな、と私は苦笑した。

それに、とレベッカは私をまっすぐに見つめて笑みを浮かべる。

「セレーネがレガールに来てくれるんですもの！　嬉しくてしようがないわ！」

え？　と私は、何のことだというように目を瞬かせた。

「話は中でしましょう。お茶をお願いね、クラウス」

「かしこまりました、奥様。テーブルは南側のお部屋にご用意させております」

「ありがとう。ミリアも一緒にいらっしゃい。貴女に、また頼まないといけないことがあるから」

明るい光が差し込む部屋で、私は久しぶりに家族と友人とでお茶を楽しんだ。

メイドが運んできたお茶とお菓子を受け取ったミリアが、カップに香りのいい紅茶を注いでいった。

マリーウェザーの膝の上には、二歳になったオスカーがいて焼き菓子を食べている。

邸に入ってすぐに、オスカーは迷いもなく私に飛びついてきた。

それも、びっくりする言葉付きで。

「あーたん！　白いウサたん、つーまえた？」

は？

私が目を丸くして母マリーウェザーを見ると、彼女はクスクスと笑っていた。

ああ、私の物語って、そういうことか――

アリスといえば、不思議の国のアリスでしょう？　と言って、母はまた笑った。

なんのことかわからないレベッカとミリアが、首を傾げているのを見て、母が簡単にあらすじを話した。昔、子供の頃に読んだ絵本の話だと言って。

「面白そう！　そのお話、最初から聞きたいですわ！」

「アリスちゃんも知っているお話だから、話してもらえばいいわ。そうね――後でもう一人来る筈だから、三人で女子会をしたら？　泊まれるように部屋を用意させるわよ」

「本当ですか！　ありがとうございます、エヴァンス夫人。そうさせて頂きますわ」

きゃあ！　とレベッカは大喜びで歓声を上げたが、母の言ったもう一人とは、いったい？

「ミリアは、疲れているでしょうけど、アリスちゃん達の世話をお願いね」

「はい、奥様！」

「お母様。もう一人というのは、もしかして、マリアーナ様ですか？」

女子会というのだから、もう一人の客は女性だろう。となれば、思い当たるのは、侯爵家のマリアーナ様しかいない。

マリアーナ様がレベッカと私の無実を証明してくれたことは、母からの手紙で知っていた。

だが、レベッカがすぐに否定した。

「マリアーナ様ではないと思うわ。あの方は、昨日からお祖父様のレクトン侯爵と一緒に王都を離れている筈だから。大伯母さまに呼ばれたと言ってらしたけど」

「そうなのですか」

じゃあ、誰だろう？　と、私が首を捻ると母は笑いながら私を見た。

「これからアリスちゃんを守ってくれる人よ。シュヴァルツ公爵様が推薦してくれた凄腕さんらしいから、私も安心だわ」

アロイス兄様が？

帝国で出会った人の顔が次々と頭に浮かぶが、女性となるとわからなかった。

面識のない人かもしれない。まさか、女装したルシャナ？

「そういえば、私がレガールへというのは？」

「ああ、それはね。アリスちゃんが冤罪だということはハッキリしているのだけど、一度学園を出た者が復学するのは、なかなかに面倒らしいの。手続きだけで半年かかるなら、いっそ他国へ留学したらいいじゃない、と思ったのよ。手続きも簡単だし」

それに、レガールにはレベッカがいるから安心だわ、と母は言った。

「え、でも、レヴィはまだ留学中では」

「セレーネがレガールに留学するなら、私はすぐにも帰国するわよ！　当然でしょう。私は、セレーネがいるからこの国に来たんだから」

「レヴィ」

「ああ、嬉しいわ！　セレーネが私の国に来てくれるなんて！　街を案内するわ。セレーネと一緒に買い物したり、美味しいものを食べたり。家にも泊まりにきてね！」

楽しみだわ、とレベッカは目を輝かせながら私の手を両手で握った。

「あの、お母様……留学は決定事項ですか？」

「そうよ。もう準備は終えてるわ。だから、公爵様が、貴女の護衛を選んでくれたの」

「………」

そうか……お兄様もご存じのことだったのね。

「アリスちゃんは、レガールに行くのは嫌？」

いいえ、と私は母に向けて首を振った。

「レガールには行きたいです」

レガールに行けば、転生者かもしれないレベッカの弟から話を聞けるかもしれないし。

「私も、お嬢様のお側についてレガール国へ行けるのですか？」

「勿論よ、ミリア。アリスちゃんのこと、お願いするわね」

「はい！　奥様！」

ミリアは、満面の笑みを浮かべ、大きく頷いた。

と、ドアがノックされてメイドが顔を見せた。

「奥様。お客様が到着されました」

「ああ、着いたのね。こちらへ通してちょうだい」

かしこまりました、とメイドは頭を下げると部屋を出て行った。

「アリスちゃん。貴女が出迎えてあげて。これから、ずっと一緒にいるんだから」

はい、と私は椅子から立ち上がると、開いているドアの方へ向かった。

背後で、レベッカとミリアが好奇心一杯の目を向けているのがわかる。

私も、二人と同じ気分だ。

しばらくして、二人の足音が聞こえてきた。一人は先程のメイドだとわかるが、もう一人はよく聞かなければわからないほど小さな足音だった。

アロイス兄様が寄越してくれた人――いったい、どんな人なんだろう？

「やあ、アリス」

私は、メイドに案内されてきた人物を見た瞬間、驚きのあまり絶句してしまった。

思わず、口に手を当て大きく目を見開いて凝視したその顔は、あまりに予想外過ぎた。

何故、彼女が？

「アスラ……どうして？」

「アリスの側にいたいと公爵に言ったら、護衛として雇ってくれたんだ」

私の目の前で、微かに笑みを浮かべていたのは、あの村で出会った傭兵のアスラだった。

見慣れた茶色がかった黄色いシャツに、上半身を覆う黒っぽいマント姿の彼女を、私は呆然とした顔で見つめた。

まさか、アスラだとは予想もしなかった。

だって……アスラは傭兵だし、それも戦女神と呼ばれるほどの凄腕だし――

「いいの？　アスラには大切な人がいるって聞いたわ」

それは、店に来た客が話していたことだったが。

帝国を出る少し前に、アスラから、自分の依頼主だと紹介された貴婦人がそうなのではないかと私は思ったのだが。

「私は、アリスが好きだ。だから、ずっとアリスの側にいたい」

私はアスラの言葉に目を瞬かせると、笑って彼女の手を取った。

「ありがとう……ありがとう、アスラ。貴女がいてくれると、嬉しい」

アスラも目を瞬かせ、ほんと？　と聞いた。

表情は殆ど変わらないアスラだが、少し照れているような気がして私は笑った。

「ええ。本当よ。よろしくね、アスラ」

幕間　アスラ

暗い夜の闇の中、木々の間をすり抜けるように通ったそれは、ふと立ち止まって空を見上げた。

ああ……美しいな。声は出ず、闇の中でも輝いて見える金色の長い髪が揺れるのを、自分はただぼんやりと見つめ続けた。

離れていても、自分の目がしっかりとその姿を捉えられる幸運に感謝した。

雲が流れ、隠れていた月が姿を現すと、彼女の白い横顔と、青い瞳がはっきりと目に入った。ふいに、少女の右手が丸い月に触れようとでもするかのように伸ばされる。

幻想的な光景。月を見上げる美しい横顔は、とても人とは思えず。

「そっ……かあ…………森の精霊ってほんとにいたんだなぁ……」

いつ、どこで生まれて、どこで育ったのかなんて、もう思い出すことはないだろう。

覚えていても、それが今の自分のためになることなどないのだから。

まだ十にもならないあの日、たった一人外に放り出された自分は、ただ日々を必死に生きるだけだった。

あの頃は、まだ生きたいと思っていた。生きるために、師匠の手を取ったというのに、いつのまに生きることをやめてもいいなどと思うようになったのだろう。

（アスラ。ちゃんと食べてる？）

（ケーキを焼いたの。試食していってね）

（アスラ。とっても素敵なことがあったのよ。聞いてくれる？）

（アスラ、身体(からだ)を大事にしてね。無理はだめよ）

アスラ――ずっと友達でいてね。

「どうしたの、アスラ？」

いえ、と首を振ると、オリビア様はクスッと笑った。

「珍しいわね。貴女(あなた)、ちょっと笑っていたわよ」

「…………」

「思い出し笑いかしら。楽しいことがあるのはいいことだわ」

「オリビア様――」

オリビア・ローザ・フォン・フォルツ伯爵夫人は、前皇帝イヴァンの異母妹であり、現皇帝カイルの叔母にあたる。

幼馴染(おさななじみ)であり初恋の人であったフォルツ伯爵家の次男に嫁いだのは、彼女が十七歳の時。オリビア様は、嫁いだ翌年に娘を一人産んだが、その後子供ができず、夫妻は唯一の子であるイザベラを大切に愛(いつく)しんで育てた。

フォルツ伯爵家の次男テオドールは、皇女オリビアと結婚したが、伯爵家は長男が継ぐので、彼は子爵の位をもらって好きな歴史の研究に打ち込んでいた。

伯爵家の次男というだけでも結婚を反対されていたのに、さらに子爵で学者では納得できないと彼女の身内達は最後までゴネたが、オリビア様の意志を覆すことはできなかった。

もともと、オリビア様は帝宮で育った皇女ではない。

出生の事情で皇帝の下で育てられることなく、とある貴族の養女となっていたのだ。

自分が皇女であることを知らず、一貴族として育った彼女が、いきなり当時皇帝だったイヴァンの妹だと言われたのだ。驚くなという方が無理だろう。

田舎の伯爵家で奔放に育ったオリビア様が、堅苦しく慣れない帝宮での生活にいつまでも我慢できる筈もなかった。

いや、当人はかなり我慢をしたと思っていたろうが。

だが、さすがに結婚相手まで決められては我慢の限界だったらしく、自分には好きな男がいるからと猛烈な抵抗を繰り広げたそうだ。

その辺りの顛末も、酒が入るたびに師匠であるコルビーから聞かされていた。

だが、オリビア様が現在住んでいるあの邸で、愛する夫と平穏に暮らせていたのは半年ほどだったらしい。跡を継ぐ筈だった伯爵家の長男がタチの悪い女に引っかかり、父親の怒りを買って追い出されたのだ。そのため、次男だったオリビア様の夫テオドールが伯爵家を継ぐことになった。

最初は固辞したそうだが、結局折れてフォルツ伯爵家に戻ることになり、彼女の夫はテオドール・クレイ・フォン・フォルツ伯爵になった。

当然ながら、愛する妹のために当時の皇帝が多大な援助と、そして歴史学者である義弟が研究を続けられるようにと役職を与えたという。

コルビーの話では、イヴァン皇帝の、妹のオリビア様に対する溺愛振りは相当なものだったらしい。まあ、オリビア様の、あの類稀なる美貌ではそうなるかもしれない。

あと、ただ一人の妹ということもあったろう。

夫を亡くし、娘を亡くして一人になったオリビア様は、夫テオドールの叔父であるクリストフに伯爵家を譲り、彼女はかつて夫と住んでいた邸に移り住んだ。

それから、伯爵家とは全く関わりを持つことはなかったそうなのだが。

思い出のある久しぶりのフォルツ伯爵の邸だろうに、馬車で門をくぐった時、オリビア様の顔がややしかめられていた。

「面倒ごとですか、オリビア様」

「私をここに呼んだことが、そもそも面倒ごとだと言ってるようなものよ」

腹だたしいこと、とオリビア様は溜息を吐いた。

「でも、いつまでも知らない振りはできないわね。真実は明らかにしないと」

オリビア様の言っていることがわからない。

伯爵家を出る時に揉めたという話は聞いてはいなかったが、何かあったのだろうか。

そういえば、師匠からフォルツ伯爵家を継いだ人物のことを聞いたことがなかった。

伯爵家の侍従が邸の扉を開けると、そこにはオリビア様の到着を待っていたフォルツ伯爵が立っていた。

オリビア様の亡くなった夫の叔父ということだが、夫の父親とは年がかなり離れていたらしく、現当主はそれほど老けてはいなかった。

彼の奥方は、数年前に病気で亡くなったらしい。一人息子は、奥方と二人で帝都にある邸で暮らしているようだ。

「ああ、不躾(ぶしつけ)なお願いでしたのに、よくおいで下さいました、オリビア様」

「そうね。もう、この邸に来るつもりはなかったのだけど」

慇懃(いんぎん)な態度でオリビアに向き合っている現フォルツ伯爵だが、どうも二人の間には何か確執のようなものがあるように感じられた。

「お祖母様(ばあさま)が着いたなら、ちゃんと知らせなさいよ！　使えないわね！」

静かなエントランスに甲高い声が響き渡ると同時に、亜麻色の長い髪をした少女が現れた。

少女の後ろには一人のメイドがいた。怒られていたのは、このメイドだろう。

「お祖母様！」

まだ十代前半だろう幼い顔をした少女は、オリビア様の姿を認めると嬉(うれ)しそうな顔で駆け寄った。

飛びついて抱きつこうとしたのだろうが、さすがにそれをさせるわけにはいかない。

何故(なぜ)なら、オリビア様の目が良しとしていなかったから。

「何？　何なの、あなた！」

すかさずオリビア様の前に出て間に入ったので、阻まれた形の少女はムッとした顔で睨(にら)みつけてきた。

緑がかった青い瞳――

オリビア様のことを、お祖母様と呼んだこの少女は、前皇帝に引き取られたという孫娘だろうか。

それにしては、オリビア様に似た所が全くないように見えるが。

アリスの方が余程オリビア様に似ている。

顔立ちも、透き通るような青い瞳も――そして黄金の髪もオリビア様と全く同じだ。

「私の護衛よ。予告もなしにいきなり飛びついてこようとする者がいれば、私を守るために前に出るのは当然でしょう」

「そんな！　私は孫なのに！」

「ビアンカ様！　お部屋で待っているように言った筈ですが」

窘(たしな)めるフォルツ伯爵に、少女は不満そうな顔を向ける。

「お祖母様に会うのに、貴方(あなた)に指図される覚えはないわ！　私は一刻も早くお祖母様に会いたかったんだから！」

あらあら、とオリビア様は呆(あき)れたように笑った。

「どういうことかしら。手紙にはビアンカのことで話があるとあったけれど、まさか本人が来るなんて一言も書いてはいなかったわよ」

「も、申し訳ありません、オリビア様……ビアンカ様の訪問が急だったため、お知らせする時間がありませんでした」

「陛下の許可は取ったわ。お祖母様！　私、お願いがあるの！」

「ビアンカ。貴女は挨拶ができないのかしら」

「え？　挨拶はお祖母様がするものでしょう？　何故私がするの？」

「………」

　オリビア様の青く透き通った瞳が大きく見開かれた。

　フォルツ伯爵はギョッとした表情で少女の方を見る。

「だって、私は皇女だもの。お祖母様は私のお祖母様だけど、伯爵でしょう？　私達皇族の部下なのに、私が挨拶するのはおかしいわ」

　フォルツ伯爵は真っ青になった。

「ビアンカ様！　オリビア様も皇女殿下です！」

「元、でしょう？　お祖母様は、皇族の身分を捨ててお祖父様（じいさま）と結婚されたと聞いたわ。でも、私は皇女よ。位は私が上だわ」

　オリビア様は、ニッコリと微笑（ほほえ）んだ。

「そうね。貴女は皇女だわ。失礼したわね」

「いいの！　だって、お祖母様だもの。私、怒ってないわ。ねえ、お祖母様！　私、リカードお兄様と結婚したいの。陛下にお願いして！」

「それが、貴女のお願い？　残念だけど、私には無理な話ね」

オリビア様に素っ気なく断られた少女は、顔をしかめた。

「私のお願いを聞いてもらえないの？　私はお祖母様の孫なのに！」

「さっき貴女が言ったでしょう？　私はただの伯爵夫人。皇帝陛下に直接お願いできるような身分じゃないわ」

「でも、お祖母様は、前の皇帝陛下の妹なのでしょう？　愛人の子でも関係なく愛されていたって聞いたわ」

「………」

その言葉には、さすがに呆れたが、勝手に口を出せないので黙っていた。

フォルツ伯爵の方は、今にも卒倒しそうな顔色である。

オリビア様の孫だという少女の言動は、伯爵には予想外のことだったようだ。

「お願い、お祖母様！」

「わかったわ。話すだけはしてみましょう」

ぱあっと、少女の顔が喜びに輝く。

「ありがとう、お祖母様！」

自分のお願いが聞いてもらえるとわかったビアンカは、ご機嫌な顔でメイドと共に部屋へ戻って行った。

少女の姿が見えなくなるまで笑顔を見せていたオリビア様だが、ふっと、今にも倒れてしまいそうなほど蒼ざめたフォルツ伯爵に対して冷ややかな眼差しを向けた。

「話を聞かせてもらおうかしら、クリストフ」

「は……い。オリビア様……」

「ああ、私が何も知らないとは思わないことね、クリストフ。そのつもりで全てを話しなさい」

オリビア様がそう言うと、フォルツ伯爵の顔色は完全に血の気を失い、死人のようになった。

処刑台に送られようとする罪人は、きっとこんな顔をしているのではないかと思う。

案内された部屋にオリビア様と共に入ろうとすると、フォルツ伯爵は難色を示したが、オリビア様は無視した。

オリビア様の護衛として雇われたこの身は、彼女以外の人間の言うことを聞く必要はない。オリビア様が出るよう命じない限り、護衛が彼女の側から離れることはないのだ。

オリビア様が一人用の豪奢なソファに座るのを確認してから、無言で彼女の右後ろに立つ。

「この子のことは気にしなくていいわ。コルビーが気に入って大事に育てた愛弟子だから」

オリビア様の前に座る伯爵は、コルビーの名を聞いてビクリと肩を震わせた。

「………わかりました」

メイドがお茶を運んできて、テーブルの上に置いた。伯爵はメイドに、話が終わるまで、誰もこの部屋には近づけさせないように言う。

メイドが出ていくと、伯爵はオリビア様に向けて口を開いた。

「先程のビアンカ様のこと、本当に申し訳ありません」

伯爵は、オリビア様に向けて深く頭を下げた。

「さすがに驚いたわ。いったい誰の影響なのかしら？」

「…………」

「帝宮内で、あの子の側についているのは誰？」

「……メリッサです」

「メリッサ──貴方の息子が、婚約者を捨ててまで結婚したという男爵令嬢の？　あのメリッサかしら」

はい……と伯爵は頷く。

「ご存じでしたか」

「テオドールの兄も同じことをして伯爵家を追い出されたのに、その数年後に、貴方の息子がまったく同じことをしたと聞いて、血筋なのかしらと思ったわ。勿論、私の夫は別だけど」

「お恥ずかしい限りです………」

「まあ、そちらは話し合いで穏便に婚約を解消できたようね──そう……メリッサなの、ビアンカの側にいるのは」

「人見知りの激しかったビアンカ様が、メリッサには懐いておられたので、そのままずっとお側についているようです」

「つまり、先程のあの子の言動は、メリッサの影響ということなのね」

「申し訳ありません！　まさか、メリッサがあのようなことをビアンカ様に──！」

オリビア様は、口元に右手の指先を当て、少し考え込むように目を細めた。

「その話は後にしましょう、クリストフ。貴方が私にしなければならないことを話しなさい」

「オリビア様……」

「言いなさい！　私が産んだ娘はどこ!?」

クリストフ・オーデ・フォン・フォルツ伯爵は、オリビア様に向けて床に膝をつかんばかりに頭を下げた。唇は痙攣したように震え、顔の色は完全に血の気を失っている。

「お、お許し下さい！　タリアは……タリアは騙されていたのです！」

スッ、とオリビア様の青い目が細められた。

「やはり、私の娘を奪ったのは——貴方の奥方だったのね。そうね。私が娘を産んだあの日、メイドを除けばタリアしかいなかったのだから。いつ知ったの？　あの日、貴方は邸にいなかったでしょう？　それとも、最初から知っていたの？」

伯爵は弱々しく首を振った。

「タリアは……死ぬ間際まで、あの日のことを誰にも話しませんでした。信じてもらえないかもしれませんが、私はタリアから打ち明けられるまで何も知らなかったのです」

「安心なさい。貴方が知らなかったということに疑いは持ってないわ、クリストフ。タリアは、何があろうと意地でも夫である貴方を巻き込まないでしょう。そういう女性だから。けれど、彼女の行動に全く気づかなかった、貴方に罪がないとは言えない」

「………」

それで？　とオリビアはさらに問いかける。

「タリアは、誰に私の娘を渡したの？」

「タリアは、アナベルという女に渡した、と言っておりました。代わりに、やはり生まれて間もない女の赤ん坊を渡されたと」

「入れ替えが行われたというわけね。その、アナベルという女は何者なの？」

「わかりません……タリアは、アナベルは本名ではないかもしれないと言っていましたが、何者かまでは知らなかったようです」

「そう。でもまあ、だいたいの予想はつくわ」

は？　と伯爵は顔を上げ、目を瞠った。

「何故、誰も入れ替えに気づかなかったと思うの？　私でさえ、イザベラが産んだ双子を見るまでは、イザベラが私の産んだ娘でないことに気づかなかったわ」

「そ、それは………」

「イザベラは私に似た所はなかったけれど、夫のテオドールには似ていたのよ」

自分に似た所はなかったが、ミルクティー色の柔らかな髪に緑がかった青い瞳は、テオドールと同じだったのだとオリビア様は言った。

邸にいる者は皆、口を揃えて娘のイザベラは父親似だと言っていた、と。

「私もテオドールもイザベラが可愛くて溺愛したわ。自分の娘ではないと分かってからも、私はずっとあの娘を愛していた。今もよ。でも、同じように自分が産んだ娘のことが気になるの。わかるでしょう、クリストフ？」

「…………はい、オリビア様」

「それと、誤解はしていないでしょうが、イザベラの父親はテオドールではないわ。誰が父親か、貴方も既に察しはついているのでしょう?」

「オリビア様……オリビア様は、いったいどこまでご存じなのですか?」

そうね、とオリビア様は首を傾げて、薄らと微笑んだ。

見惚れるほど美しい笑顔であるのに、その瞳は冷ややかで怒りすら浮かんで見える。

実際、オリビア様は相当に怒っているのだろう。

恐怖の余りか、伯爵の口から小さく悲鳴が漏れ出た。

「この私が、何もしないと思う? 貴方が、タリアの死後、毎月とある村の墓地に花を持って行ってることは知っているのよ」

ひくっと、伯爵の喉が鳴った。

今、ここでオリビア様と伯爵の間で交わされている話は全て初めて聞くことばかりだ。

まさか、そんなことになっているとは知らなかった。

会ったことはないから、イザベラ様がどんな方だったかは知らない。

オリビア様と出会った時には、もうイザベラ様は他家に嫁いでおられたから。

しかし、オリビア様がどれだけイザベラ様を愛しておられたかは知っている。

イザベラ様のことを話される時、オリビア様は本当に幸せそうだったから。

「そんな……いつ、お知りになったのですか」

「イザベラと私の娘が入れ替えられたのでは、と疑いを持った時から調べ始めているわ。イザベラが夫に似ていたことが大きな手がかりだった。私があの墓に辿(たど)り着いたのは、貴方よりずっと前よ」

　ああ！　と伯爵は顔を両手で覆った。

「申し訳ありません！　本当に、どのようにお詫(わ)びすれば良いのか――私は……私にはフォルツ伯爵を名乗る資格はありません！　どうか、私に処罰を！」

　まったく……と、オリビア様は額を押さえ溜息をついた。

「どこまで愚かなの、クリストフ」

「オリビア様……？」

「もう、あの村に行くのはやめなさい。フォルツ伯爵家をこれ以上貶(おとし)めることは許しません」

　オリビア様はそう言うと、スッと立ち上がった。

「オリビア様！」

「貴方が何も知らないことは理解できたわ。この件から手を引きなさい、クリストフ。それが、フォルツ伯爵家のため。律儀に犯人の望みを叶(かな)えてやる必要はないのよ」

「犯人の、ですか。それは、いったい」

「一つだけ教えてあげるわ。貴方が、毎月通っているあの墓に、私の娘はいない」

　え？　と伯爵は声を上げて立ち上がった。

「棺(ひつぎ)の中は空っぽだったわ」

伯爵の目が驚きに見開かれる。

「まっ……まさか！　墓を暴いたのですか！」

「貴方にはできない。でも、私にはできるのよ。自分の娘のことだから」

既に伯爵に背を向けていたオリビア様は、振り返ることなくそう言った。

伯爵はついに膝を折り、床に伏せるように身体を折り曲げて号泣した。

「クリストフ。フォルツ伯爵家を守りたいなら、ビアンカとの関係を絶ちなさい。二度とこの邸にあの子と側にいる者達を立ち入らせないように」

貴方が伯爵家を没落させたくないと思うなら、とオリビア様は最後にそう告げて部屋を出た。

もはや声も出せないでいる伯爵を見た後、静かにオリビア様の後を追う。

オリビア様が邸を出るのに気づいた侍従が、慌てて追いかけてきたが、それを待つことなく彼女はさっさと馬車に乗り込んだ。

そして、オリビア様の行動に慣れている御者の男は、動じることなく馬車を走らせた。

伯爵邸が遠ざかると、目の前に座るオリビア様を見た。

「あれが、オリビア様の仰った面倒事ですか」

そうね、とオリビア様は小さく息を吐いた。

「師匠も知っていることですか」

「勿論。コルビーにはずっと動いてもらっているわ。本当に、とんでもない女に目をつけられたものね」

誰が、とは聞かなかった。これまで聞いた話でだいたいの予想はつく。

黒幕とされているのは、オリビア様の夫の実の兄がフォルツ伯爵家を追い出される理由となった女、か。それが、アナベルと名乗った女なのかはわからないが。

「何故、イザベラ様が違うとわかったのですか」

尋ねると、オリビア様は透き通るような青い瞳をまっすぐに向けてきた。

青い瞳の人間は多いが、オリビア様のような瞳の色は稀有(けう)だ。

だからこそ、自分はアリスの瞳に引き込まれた。もう一つあったのか、と驚いたのだ。

「わかったのは、瞳の色よ。この色は、母方の遺伝なの。しかも、隔世遺伝で女にしか出ないというもの」

「隔世遺伝……」

「私の祖母が私と同じ瞳だったそうよ。私を産んだ母は紫の瞳だった。だから、イザベラの時は気がつかなかった。もし、イザベラが産んだ双子が男女でなかったらきっとわからなかったわね」

「もしかして、男には出ないのですか?」

「ええ。女にしか出ない色なのよ。それも最初の娘に。生まれたイザベラの娘の瞳を見て、私は衝撃を受けたわ。イザベラを本当の娘と信じ、疑ったことはなかったから」

「それって、例外はないのですか?」

「絶対にないわ。なにしろ、生みの母の家系はガルネーダ帝国建国まで遡れて、家系図も残っている。女系なのよ。その血は、皇帝の血が入っても変わることはなかったわ」

「そう言い切れる根拠が？」

「あるわ。家系図を見れば一目瞭然。建国から千年の間に、何度か皇帝の血が入っているにも拘わらずこの隔世遺伝が変わることはなかった。ちなみに、二人目からは、女でもこの色は出ない。これは変わることのない唯一の色なのよ」

そう確信しているオリビア様の言葉に、首を傾けて考え込んだ。

それが本当なら、アリスは――

ふいに馬車が止まった。

さっきから嫌な気配がしていたのだが、どうやら面倒なお客はこちらに用があるようだ。

御者のジョッシュが指示を仰いできたので、何人いるか尋ねる。五人という答えに、フムと鼻を鳴らす。

「なめられたわね、アスラ」

オリビア様がクスクスと笑う。

自分も苦笑し、ブーツの中に装着していたナイフを手に取った。

気配からして、大した使い手ではないと判断した。本来の武器を使うことはないだろう。

「どうやら、あちらは私を邪魔者と考えたようね。ビアンカと皇太子の結婚はどうするつもりかしら？」

「片付けてきます」

「捕縛は考えなくてもいいわよ、アスラ。早々に片付けて邸に帰りましょう」

邸でゆっくりとお茶を飲みたいわ、と言うオリビア様に向けてコクッと頷くと、外に出るために扉を開けた。

既に隠れるつもりはないのか、馬車の前を塞ぐように五人の刺客は立っていた。

剣は持っているが、どう見ても本職ではない。適当に雇われただけだろう。

まあアサシン相手でも、五人なら問題なく倒せるが。

単なる脅しか？

どっちにしろ、片付けるだけだ、と片足を前に出し腰を低くすると、敵に向けて疾走した。

（アリスは自分の国に帰るのか？）

（多分……近いうちに帰ることになると思う）

よお、とアスラに声をかけてきたのはルシャナだった。

キリアの店に行った時、アリスは前日にシャリエフ王国に帰ったことを知った。

まさか、こんなに早くいなくなってしまうとは思わなかった。

「アリスが国へ帰ったのは聞いたな？」

「ああ」

「じゃ、ついてこい。お前と話をしたいというお方がいる」

歩き出したルシャナの後を、アスラが無言でついていく。

ルシャナという男は、謎のある男だ。言葉は荒いし、スレたところもあるが、貴族だとアスラは見ていた。

レオンが口にした〝シャドウ〟というのは、皇帝の血筋を陰から守っている者達のことだとコルビーは言った。ルシャナが〝シャドウ〟なら、彼が守っているアリスは――

ルシャナについていった先に馬車があった。明らかに貴族が乗る馬車だ。

「くれぐれも失礼のないようにな。怒らせると滅茶苦茶怖いぞ」

ルシャナは、小声でそう言うと、馬車の扉を開けた。

中にいたのは一人の男だった。

短くした銀髪をオールバックにした、三十半ばくらいの、整った顔立ちの貴族だ。

アスラは馬車に乗るよう促されたので、男の向かいに座った。

扉が閉められると、男は、アロイス・フォン・シュヴァルツと名乗った。

(シュヴァルツ公――)

名前だけは耳にしたことがあった。現皇帝も一目置いているという、出身も何もかもが謎という男だ。オリビア様も、記憶にない男だと言っていた。

「アリステアの側にいたいか?」

「…………」

「アリステア・エヴァンスを守れるなら、私がお前を雇おう」

「アリスを守る……護衛ということか」

「そうだ。期限はない。引き受ければ、私が契約を解除するまでアリステアの側について、守り続けてもらう。勿論、その間、他の仕事を受けることはできない」

「何故、貴方がアリスを？　彼女が皇族の血を引いているから？」

「気付いていたか。まあ、お前はコルビーの弟子だそうだから、オリビア皇女を知っていてもおかしくはないな」

「…………」

「返事は？」

「やる。私は、アリスの側にいたい」

「よし。では、今この時から任務につけ。シャリエフ王国に行って、アリステアを守れ」

「わかった」

「お前のことは向こうにいる者に伝えておく。必要なものは用意させるから、お前はこのまま国境に向かえ」

「……わかった」

馬車を降りると、外にいたルシャナが笑いながらアスラの肩を叩いた。

「頑張れよ、アスラ。俺も、そのうち行くからさ」

幕間　サリオン

「ここでじっとしていて下さい、サリオン様。どこにも行かないで下さいよ」

生まれた時から側にいて何かと世話を焼いてくれるリーアムが、茂みの中で小さく蹲っているサリオンに向け何度も念を押してから離れていった。

リーアムはサリオンの乳母の息子で、五歳年上の彼は、サリオンにとって兄のような存在だった。実際に乳兄弟と呼ばれる関係だ。

あ～あ……失敗したなあ、とリーアムの気配がなくなると、サリオンは長い溜息を吐き出した。

この日は、五歳になった貴族の子息令嬢たちの初めての顔合わせとなるパーティーだった。

殆どが、初めて足を踏み入れることになる王宮での大事な行事であるというのに、あろうことか一人王宮の庭に隠れるようにして蹲る己の姿を想像し情けなくなった。

ここに両親がいなくて、心底良かったと思う。

本当なら父か母が付き添いで来るはずだったが、直前に祖父が怪我をしたという連絡が入り、二人とも急遽祖父の邸へ向かったのだ。

で、サリオンはというと、王宮のパーティーに参加しないわけにはいかず、御者のジョーゼフと乳兄弟のリーアムの三人で王宮へ向かうこととなった。

御者のジョーゼフは馬車に残るが、リーアムとは一緒に王宮の中へ入ることができた。

ただし、リーアムは会場には入れないので終わるまで別室で待つことになるが。

まだ十歳の子供であるリーアムだが、とにかく身体が大きいし、頭もよくしっかりしているので本当に頼りになる存在だ。

サリオンは、綺麗に整えられた王宮の庭の茂みの中で、誰にも気づかれないよう身を縮め膝を抱えてリーアムが戻るのを待った。

頭から足先までぐっしょりと水に濡れ、きっと水に落ちた猫のように情けない姿だろう。

母が見れば卒倒するに違いない。

何故こんな有り様になったのか。まあ、たいした理由があったわけではない。

遅れて着いたサリオンは、誰かが会場へ行くには庭を抜けた方が早いと言っているのを耳にし、リーアムと二人でそちらへ向かったのだ。

途中、どこの令嬢か知らないが、池の縁にしゃがみ込んでいる姿を見かけた。それが不運だったと言うべきか。

自分と同じくらいの年齢の少女だったので、パーティーの参加者だろうと思った。

いったい何をしているんだろうと見ていたら、いきなり身を乗り出し池の方に手を伸ばしたので、二人は慌てた。

どう見ても小さな令嬢が、池に落ちかけているようだったからだ。

先に動いたのは近い位置にいたサリオンで、今にも頭から池に落ちそうになっている小さな令嬢のドレスの裾を摑み、思いっきり引っ張った。

そこまでは良かったのだが、摑んだ位置がマズかったのと、勢いよく引いた反動で、サリオンの身体は前につんのめり、気づけば自分の方が頭から池に突っ込んでいた。

池は思ったほど深くはなかったので溺れることはなかったが、頭から突っ込んだので当然濡れなかった所はないというくらいびっしょりになった。

出遅れたリーアムが急いでサリオンを池から引っ張り上げたが、その間に小さな令嬢は何も言わず走り去ってしまった。

助けてもらっておいて礼も言わずに去るとは、とリーアムは怒っていたが。

顔は見なかったが、走り去る少女の赤い髪だけは印象に残った。

ずぶ濡れとなったサリオンは、さすがにパーティーに参加するどころか、王宮の中に入ることもできない有り様で途方に暮れた。とにかく、タオルと着替えを持ってくるとリーアムは言ってサリオンを人の目に入らない茂みの中に押し込んだ。

確かにこんな情けない姿を誰かに見られたくはないので、そこでおとなしく待つことにした。

ああ、なんで俺がこんな目に……とサリオンは溜息をつく。

茂みの中で膝を抱えそこに顔を伏せていたサリオンは、ふと、間近に人の気配を感じて半分顔を上げた。

真っ先に目に入ったのは、赤い髪だった。

逃げたあの少女が戻ってきたのかと思った。少女は膝を折ってしゃがみ込むと、サリオンに向けて首を傾げ、どうしたの？　と問いかけてきた。

それで、同じ赤い髪だが別人だとわかる。

サリオンを覗き込んでくる少女の瞳は青く澄んでいた。その顔は、まるで絵本の妖精のように愛らしかったので、彼は思わずボォ～ッと見惚てしまった。

ふんわりとした赤い髪は、先程の少女と同じだが、印象がまるで違って見える。

可愛い……

対する自分は、濡れた髪が張り付いてしまっている情けない顔だが、茂みの中で暗いし、少女にはよく見えていないと思う。

誰だかわからないでくれたら助かるのだが。こんなに可愛くて綺麗な女の子に、みっともない姿を覚えられるのは絶対に嫌だ。

少女はやはり自分と同じ年頃に見え、ドレスを着ているから招待された貴族の令嬢だろうと思う。

どこの貴族の令嬢だろう。

彼女とゆっくり話をしたかったが、さすがにこの状況では無理だった。

「大丈夫？　誰か呼んでこようか？」

「あ、兄が着替えを持ってきてくれるから大丈夫だ」

リーアムのことを兄と言ってしまったが、ま、いいか。

そう？　と小首を傾げる少女は超絶に可愛い。

ああ、こんな状況じゃなく、普通にパーティーで会えていれば、ゆっくりと彼女と話ができたの

に と思うと悔しくてならない。

サリオンは、顔を見られたくないので、膝の上に伏せた顔を上げることはせず、目だけで少女を見た。

すると、少女はどこからかハンカチを出して、サリオンの濡れた髪から水気を取った。

「寒くない？」

ちょっと、とサリオンが答えると、少女の手がサリオンの手に重なった。

びっくりしたが、少女は、冷たいね、と言って微笑(ほほえ)んだ。

自分の手に重なった少女の手は柔らかくて、とても温かかった。

その瞬間、自分の顔がカーッと熱を持ち、真っ赤になるのがわかった。

胸も熱くなって、ドキドキが収まらない。

ふと少女は、何かに気づいたのか顔を横に向けた。そして。しゃがんだまま、場所を少し移動した。そこは花が咲いているところだ。

なんだ？ と疑問に思っていると声が聞こえ、誰かがこちらに来ていたのだと気づいた。

「花、好きなのか？」

聞こえてきたのは幼い少年の声だったが、自分がいる位置ではどんな少年なのか確かめることはできなかった。

しばらく話し声だけ聞いていたが、突然違う方向から少女の声が聞こえてきた。

「セレーネ！ ここにいたのね！ 新しいデザートがきたわ。一緒に食べましょう！」

現れた少女はそう言うと、少年から赤い髪の少女をひっ攫(さら)うようにして連れて行った。本当にあっという間だった。

そっと茂みの中から覗いてみると、赤い髪の少女を連れていかれて呆然(ぼうぜん)と立ち尽くす、ライトブラウンの髪の少年の後ろ姿が見えた。

声を聞いた時に、あれ？　とは思ったが、髪色を見てその少年が誰だかわかり、つい小さく笑ってしまった。

第二王子であるエイリック殿下とは、会話をしたことはないが、今年に入って何度か顔を合わせたことがあるので見間違えることはない。

父に連れられて王宮に来た時、最初に会ったのは王太子のライアス殿下だった。

自分より十歳上なので大人のように見えたが、ライアス殿下は王立学園に入ったばかりの学生だった。

金色の髪に青い瞳はレトニス陛下にそっくりだ。

ただ、顔立ちは王妃様似だと言われている。

ライアス殿下は、初めて会ったサリオンに対し、気さくに話しかけてくれた。

そして、丁度読んでいた本を殿下も読んだらしく、その話で盛り上がったりした。

どこか暗い陛下は苦手だったが、ライアス殿下とはとても気があった。

父は、お前の時代はライアス殿下を支えていくことになるのだから頑張れと言った。

エイリック殿下は我に返ったのか、彼女達(たち)の後を追って行った。

しかし、あの様子では、エイリック殿下はもう、あの赤い髪の少女には近づけないのではないかと思った。

赤い髪の少女を連れ去った黒髪の少女が、エイリック殿下を近づけさせないだろうと思えたからだ。何故かはわからないが、黒髪の少女は、物凄い目で殿下を睨み付けていたのだ。

第二王子のことよりも、サリオンは黒髪の少女が呼んだ名前の方に気を取られていた。

セレーネ――セレーネ、か。

彼女の名前がわかって嬉しかった。これで彼女のことがわかる。

そう思ったのだが――その後、どんなに探しても、セレーネと呼ばれた少女のことはわからなかった。


自分の初恋はあの日の、王宮の庭で出会った少女だったと今でも思っている。

当時は、恋と呼べるものだったのか、あまりに幼すぎてわからなかったが。

ただ、とても気になってずっと忘れられなかった。

短い出会いだった。なのに、あの赤い髪と、ふっと見せてくれた笑顔が頭から離れなかった。

生まれた時から世話をしてくれていた乳母のコレットにその話をすると、まあ坊っちゃまったら、初恋ですわねと、とても喜んでくれた。

出会いは短く、再び会うこともなかった相手だが、コレットの言った〝初恋〟という言葉は、長くサリオンの頭に残っていた。

確かに自分は、あの日出会った赤い髪の少女に惹かれたのだ。

それから五年が過ぎたある日、サリオンは、父親である伯爵に連れられて邸にやってきた、自分の婚約者になるという、金髪で青い瞳の少女に出会った。

この時もコレットは、坊っちゃまに婚約者ができたととても喜んでくれたが。

彼女は朝からずっとテンションが高く、母親もそれに巻き込まれたのかずっと興奮状態だった。

彼女を見た時、こんなにも綺麗な女の子がいるのかと驚いた。

キラキラした金色の髪に、透き通った水の青を映した瞳はとても美しかった。

彼女はエヴァンス伯爵家の令嬢で、将来お前が結婚する相手だと父に言われた。

貴族の結婚は大抵は親が決めるもの。いわゆる政略的なものだということは、まだ十歳だったサリオンにもわかっていた。

父と母もそうだったのだから。それでも、両親は互いに尊敬しあいとても仲がいいので、サリオンにとっては理想の夫婦だ。

自分も結婚したら、そういう夫婦になりたいと思った。

彼女は、サリオンが知る同年代の令嬢の中では、飛び抜けて綺麗な少女だった。

彼女の青い瞳に見られると、つい胸が高鳴ってしまうほどに。

なのに、あの時――何故あんなことを言ってしまったのか。

彼女と婚約し、将来結婚するのだと思った時、五歳のあの日に出会った赤い髪の女の子のことをずっと忘れていなかった自分に気がついたのだ。

コレットに初恋だと言われ、自分でもずっとそう思ってきた。

忘れられない少女の記憶と、あの日の出来事が蘇り、つい口にしてしまった言葉が、もう取り返しがつかないことに気づいたのは、彼女がニッコリと笑ってこう言葉を返してきた時だった。


――私のことはどうかお気になさらず。見つかればいいですね、サリオン様。


その夜、彼は自分のベッドの上で後悔に苛まれ、転げ回った。

数日後、領地に行っていたリーアムが三年振りに王都の邸に戻ってきた時に、サリオンがその時のことを話すと、彼は憐れみのこもった目で己の乳兄弟を見た。

わかっている。ああ、わかってるさ！　俺が馬鹿なんだ！

あの時のことが尾を引いているのか、婚約者のアリステアとはどこか一線を引いたような関係が続いている。

彼女は、婚約者であるサリオンに好意を持ってくれてはいるが、それは友人に対する好意に近いように思えた。

サリオンの両親とは仲がいい。それはいいのだが、どうも、彼女の優先順位は、彼より両親の方が上のような気がしてならなかった。

実際、母はアリステアを溺愛していて、彼女も母にとても懐いていた。

もし、彼女との間にもっと信頼関係があったなら、彼女が何も言わずに国を出て行くことはなかったかもしれない。

あの時、あんなことを言わなければ――

「ほんと、バッカねぇ～」

「…………」

アリステア・エヴァンスの大親友を自認するレベッカ・オトゥールが、憐れむような顔をしてサリオンを見た。

彼女の唇が僅かに引き上がっているのを見ると、本気でバカにしているのかもしれない。

なにしろ彼女は、アリステアからの手紙で、彼が後悔し続けているあの時のことを知り、さっさと婚約破棄しろと激怒したというのだから。

いや、その気持ちはわからなくもないが――

彼らが今いるのはエヴァンス伯爵の邸の庭だ。

現在、倒れた国王の代わりに執務を取り仕切っているクローディア王妃からの命を受けて、サリオンが帝国へ向かうことになったことを報告するために訪れたのだが。

案内された庭では、伯爵夫人のマリーウェザー主催のお茶会が開かれており、招待客としてレガールの侯爵令嬢レベッカ・オトゥールと、我が国の侯爵令嬢マリアーナ・レクトンが優雅にお茶を楽しんでいた。

謀られたことに気づいたのはその時で、だからといって、逃げるわけにもいかず、彼は諦めて勧められた席に着いた。

因みに、エヴァンス伯爵は領地の視察とかで不在だった。

全く、まともに邸にいたことがないのではないか、あの方は。

まあ、彼が報告する相手は伯爵ではなく、夫人であるマリーウェザーなので、いてもいなくても何も問題はないのだが。

「それにしても、あのパーティーの時に貴方もいたなんて、全然気づかなかったわ」

レベッカの言葉に彼は溜息をついた。

「結局、会場には行かなかったから」

服は着替えられても、靴はなく、びしょ濡れになった髪を乾かして整える時間もなかったので、結局パーティーには参加せず邸に戻ったのだ。

「あの時庭に居たんでしょ。セレーネが何も言わなかったから、知らなかったわ」

「何故〝セレーネ〟なんだ？」

彼がそう問うと、レベッカは目を瞬かせ、そしてニィ～と口角を上げた。

「アリステアがそう呼んでと言ったからよ。まあ、私が先に、レヴィと呼んでと言ったからなんだけど」

「そのせいで、俺は、あの時出会った女の子が誰なのか知ることができなかったんだ」

「あら、私のせい？」

「……そうじゃないが」

「エイリック殿下も、最後まで気づかなかったみたいね。赤い髪の女の子が、いつのまにか金髪になってるなんて、普通は思わないものねぇ」

「赤い髪のアリステア様。この目でぜひ見たかったですわ」

「マリアーナ様は、顔合わせパーティーにはいらっしゃらなかったの？」

「そのパーティーの時は、私、風邪を引いてしまって参加できなかったのですわ。今も残念で仕方ありません。もし、参加できていれば、レベッカ様やアリステア様と、もっと早くお知り合いになれたかもしれませんのに」

本当に残念そうな顔をするマリアーナの手を、レベッカは両手で包むようにして握った。

「大丈夫ですわ、マリアーナ様！　出会う時期など関係ありません。今の私達は、大切なお友達同士ですもの」

そうですわね、とマリアーナは嬉しそうに微笑んだ。

二人の美少女が手を取り合う様子を眺めていた彼は、なんだか頭が痛くなる思いがした。

彼女達がアリステアのことを特別視していることを、なんとなく気づいてしまっていたから、この先のことを思うと、微笑ましいというより気が重いという気持ちの方が大きい。

「で？　気がついたのは、いつ？」

それまで口を挟んでこなかった夫人のマリーウェザーに、突然問いかけられた彼は、は？　と思わず変な声を出してしまった。

マリーウェザーは、彼に向けてニッコリ笑った。

この方も二人に負けないくらいアリステア贔屓（びいき）だ。

「何がですか？」

「アリスちゃんが貴方の初恋の女の子だと気づいたのはいつなのかしら、と聞いたのよ。婚約した後、アリスちゃんに言ったのでしょ？　自分には五歳の時に会った気になる子がいるって」

二人の世界に入っていたレベッカとマリアーナだったが、マリーウェザーの質問に大いに興味をそそられサリオンの方に顔を向けた。

「え、それは――」

「エイリック殿下は言われるまで気づかなかったようだけど、貴方は違うでしょう？」

「やっぱりそうなの？　五歳の時に会った気になる子って、セレーネのことなのね」

「…………」

「バカ殿下は、エレーネだと勘違いしてたけど、貴方はどうだったの？　入学式の日に、エレーネと仲良く喋（しゃべ）ってたわね？」

「仲良くって……あれは、母上に頼まれて」

「それは知ってるけど、新入生の中で鮮やかな赤い髪の令嬢は彼女だけだったでしょ？　セレーネは金髪に変わってたし」

「最初から勘違いはしてない。エレーネが、あの日会った赤い髪の女の子じゃないことはすぐにわかったし」

「あら、そうなの？　なんで？　顔を覚えてたってこと？」

「顔は……はっきりと覚えていたわけじゃないが。赤い髪と綺麗な女の子っていう印象だけで。ただ、エレーネと話をして、彼女は違うと思った」

第一、名前が違っていたと彼が言うと、レベッカはクスクスと笑った。

「やっぱり、貴方はあのバカ王子とは違うわね。あのバカ王子は、名前の違いに気づかなかったわ。いえ、覚えていたとしても、聞き間違えたとか思ったかもしれないわね。だいたい、赤い髪が一緒でも、セレーネとエレーネは全く違うわよ」

「ああ、そうだな」

サリオンは、フッと息を吐いた。本当にレベッカは容赦がない。

最初からレベッカは、エイリック殿下が気に入らなかったのだろう。

と、レベッカが、慌てたようにマリアーナの方を見て、口元を手で押さえた。

「ああ、ごめんなさい。あのバカ王子は、マリアーナ様の婚約者でしたわね」

「いいえ、私は候補でしかありませんでしたわ。それも、エイリック殿下に外されてしまいましたけど」

「まあ、バカ王子は断罪されてああなったから、どうでもいい話でしたわね」

こいつら……ほんとに容赦ないな。

確かに悪いのはエイリック殿下だが、そこまで言うか。

エイリック殿下は、母親であるニコラ様と共に、今は西の離宮に幽閉されている。

半年前のことだ。

二度と王都には戻って来られないだろう。彼らは、あの地で一生を終えることになるのだ。

サリオンはもう一度息を吐くと、マリーウェザーの問いに答えるべく口を開いた。

「アリステアが、あの日の赤い髪の少女だと気づいたのは、社交界デビューの時です。会場に飾ってあった黄色い薔薇を見て微笑む彼女を見て、あの日の彼女と重なって見えて。最初はただ似てると感じただけでしたが、ちょっと首を傾げる所とか仕草がやっぱりあの日の赤い髪の少女と重なって見えて」

確信したのは、母から聞いた話だった。母が彼女に、エヴァンス伯爵が、子供の頃は赤い髪だったという話をしたら、アリステアが、自分も昔赤い髪だったと言ったというのだ。

「ああ、そうだったのね。もしかしたら、アリスちゃんの方が貴方のことに気づいてないんじゃない？」

多分、と彼は頷く。あの時自分は殆ど顔を見せていなかったから、覚えていなくても仕方がないのだが。

「一応、及第点かしら？」

ええ、あげてもよろしいですわね、とマリアーナがレベッカに同意しクスクス笑うのを、彼は眉をひそめて見た。

もしかして、自分はこれからもずっと彼女達に面白がられるのだろうか。

「アリスちゃんの婚約者としてギリギリ合格ということで、ご褒美をあげてもいいかしら」

彼はマリーウェザーの方を見る。

笑みを浮かべるマリーウェザーにサリオンは思わず警戒の色を浮かべてしまった。

仕方ないだろう。一見おっとりして見える女性だが、実は絶対に怒らせては駄目な人なのだから。

エイリック殿下への断罪は、裏でこの人が動いていたと言われても納得できるくらいだ。

「貴方はクローディアに言われて帝国に行くのよね？」

「はい。ライアス王太子殿下にお会いした後、シャリエフ王国まで護衛を務めます」

「近衛（このえ）の騎士団長のご子息も一緒に行かれるようですわよ」

「まあ、騎士団長の息子ですか、マリアーナ様」

「次期騎士団長と言われるほどお強いらしいですわ。ただ、人間性が少し問題のようですけど」

「問題とはどのような？」

「口を開けば自慢ばかりで、弱い者は騎士団には不要だと追い出してしまうそうです。あと、女好きということでしょうか。あの方に目をつけられたご令嬢はだいたい苦労されてますわね」

まあ怖い、とレベッカは目を瞠（みは）って驚いてみせたが、彼女に怖いものが果たしてあるのだろうか。

あまりにも好き勝手な言動にサリオンは二人の令嬢を睨みつけたが、当然ながらなんの影響もなかった。

「帝国へはいつ行かれるのかしら？」

「十日後です」

「学校は？」

「帝国側は、殿下の帰国に難色を示しているので、その説得もあって、いつ戻れるのか。なので、無期限休学となります」

学園に通えなくても、既に貴族として必要な知識は家庭教師によって身につけている。

学園に通うのは、勉学のためというより、人脈を作るという目的の方が大きいのだ。

マリーウェザーは、ふんわりとした優しい笑みを浮かべた。

「そう。では、気をつけて行ってらっしゃい。アリスちゃんに会ったら宜(よろ)しくね」

…………！

ガタン！　と大きな衝撃と共に、激しく悲鳴をあげるテーブルの上には四本の手があった。

サリオンと、そしてレベッカの手だ。

大きく見開いたダークグリーンの瞳を見て、ああ、彼女も初めて知ったのかとサリオンは思った。

あとがき

こんにちは、麻希くるみです。

また、こうしてお目にかかることができ、とても嬉しい気持ちです。

これも、読んで頂いた皆様と、担当様や、素敵なイラストを描いて下さった保志あかり先生、そして出版に関わった多くの方々のおかげです。本当にありがとうございます。


前の巻はシャリエフ王国を舞台にした話でしたが、この巻の舞台はガルネーダ帝国です。

皇帝が治める強大な国で、千年の歴史があります。そのせいか、謎の多い国です。

帝国編は、シャリエフ王国の雰囲気とはまるで違っていますが、実は私の元々の好みは、帝国編のようなお話だったりします。

さて、今回アリステアの存在の秘密が少しだけ明らかになっています。

彼女を取り巻く人も環境も変わってきました。

なので、どんどん話の雰囲気が変わっていくかもしれませんが、呆れずにお付き合い頂ければ有り難いです。

最後に、次のページにオマケの短編入れましたので、どうぞお楽しみ下さい。

では。次回もまたお会いできれば幸いです。

ミリアのお嬢様日記

私が、メイドとしてエヴァンス伯爵家に雇われたのは、十四歳になって間もない頃だった。

姉の結婚を機に、村を出て働くことにしたのだ。しかし、メイドなんて初めてで、ちゃんとやっていけるのか凄(すご)く心配だった。

私の仕事は、伯爵家のお嬢様のお世話をすることだ。

最初からそんな大役を、とびっくりしたが、小さい子の面倒をみたことがあるなら大丈夫だ、とメイド長に言われ、私は、恐る恐るお嬢様のお部屋へ入った。

お嬢様はまだベッドで眠っておられるのか、シーツがこんもりと盛り上がっていた。

にしては小さい？　そういえば、お嬢様がいくつなのか聞いてなかった。

「初めまして、アリステアお嬢様。この度、お嬢様付きのメイドとなりました、ミリアと申します。精一杯務めさせて頂きますので、よろしくお願いします」

ベッドに向けて、ペコリと頭を下げると、シーツの塊がもぞっと動いた。

え？　とミリアは目を丸く見開いた。シーツから出たのは、赤い髪の小さな頭だったのだ。

どう見ても、三歳くらい。無茶苦茶、可愛(かわい)い。ほんとにお姫様だ……じゃなくてぇ！

ええぇぇぇぇっ！　こんなに小さいなんて聞いてない！

「ごはん……」

「はい？」

あれ？　時間的にもう、昼ご飯はすんでるよね？

「お腹……すいた……」

「え……と。お昼ご飯は、食べられたんですよね、お嬢様？」

「うーんと……晩御飯まだ食べてない……」

晩御飯？　え？　あれ？

首を傾げたミリアの耳に、くぅぅと、お腹が鳴る音が聞こえた。

嫌な予感がした。ま、まさか——

「あの、お嬢様？　今日、ご飯食べました？」

赤い小さな頭が、ちょっとだけ傾く。

「わかんない。暗くなってから、食べてない」

ミリアは声なき悲鳴を上げると、部屋から飛び出し厨房に向かって全速力で駆け出した。

ご飯！　お嬢様のご飯はどこぉぉぉ!?

断罪された悪役令嬢は続編の悪役令嬢に生まれ変わる 2
～無自覚な愛され系は今度こそ破滅を回避します～

発行　2020年11月25日　初版第一刷発行

著者　**麻希くるみ**
イラスト　**保志あかり**
発行者　永田勝治
発行所　**株式会社オーバーラップ**
〒141-0031
東京都品川区西五反田7-9-5
校正・DTP　株式会社鷗来堂
印刷・製本　大日本印刷株式会社

ISBN 978-4-86554-789-4 C0093

【オーバーラップ　カスタマーサポート】
電話　03-6219-0850
受付時間　10時～18時（土日祝日をのぞく）

作品のご感想、ファンレターをお待ちしています

あて先：〒141-0031　東京都品川区西五反田7-9-5 SGテラス5階　オーバーラップ編集部
「麻希くるみ」先生係／「保志あかり」先生係

スマホ、PCからWEBアンケートにご協力ください

アンケートにご協力いただいた方には、下記スペシャルコンテンツをプレゼントします。
★本書イラストの「無料壁紙」　★毎月10名様に抽選で「図書カード（1000円分）」

公式HPもしくは左記の二次元バーコードまたはURLよりアクセスしてください。
▶ **https://over-lap.co.jp/865547894**
※スマートフォンとPCからのアクセスにのみ対応しております。
※サイトへのアクセスや登録時に発生する通信費等はご負担ください。

オーバーラップノベルスf公式HP ▶ **https://over-lap.co.jp/lnv/**